Tatiana avec des grands A

Qui est Laëtitia FOURNIER, l'auteure de ce roman ?

Laëtitia FOURNIER a deux grandes passions : l'écriture et l'enseignement.

Tatiana avec des grands A est le premier roman qu'elle publie à seulement 25 ans.

Depuis son adolescence, Laëtitia a toujours adoré écrire que ce soit pour elle ou pour les autres.

En plus d'être auteure, Laëtitia est actuellement professeure des écoles en région parisienne.

Laëtitia FOURNIER

Tatiana avec des grands A

Roman

Tatiana avec des grands A

Tous droits réservés Copyright ©

Juillet 2023

La reproduction, même partielle de cet ouvrage et sa diffusion sous toute forme, mécanique ou électronique (photocopies, enregistrements, moyen informatique ou autres) sont interdites sans l'autorisation écrite de l'auteur et de l'éditeur.

À ma maman, mon papa, mon petit frère, mon conjoint, ma famille, mes ami(e)s, aux membres de la 3ème édition du PEEPL150…

Bon, assez attendu, je me lance : « Il était une fois une charmante demoiselle… ». Oh non surtout pas ! Cela fait trop enfantin et on se croirait dans un conte de fées.

Allez c'est parti, je retente ma chance : « C'est l'histoire de Tatiana ROVERS. ». Non plus ! Je l'ai déjà vu écrit beaucoup trop de fois.

Comme c'est difficile de trouver la phrase parfaite pour commencer convenablement ce livre. Mais finalement, pourquoi je me casse la tête à chercher une phrase super bien rédigée alors que c'est tout simplement pour y raconter ma vie ? Je ne sais pas… Bref, passons !

Avant que vous commenciez la lecture de mon roman, je tenais à vous informer que dans ce livre :

- Je vous parle de la même manière qu'à mes proches. D'ailleurs, je vous fais un petit coucou si vous passez par-là !
- Je vous partage plusieurs souvenirs et anecdotes de ma merveilleuse vie. Je crois que j'en fais peut-être un peu trop là ! Mais vous allez voir par vous-même que ma vie est assez palpitante.
- Il s'agit de mon histoire, donc ce n'est pas un article de journal qui doit être super méga bien rédigé. Vous l'avez sûrement compris, il n'y a pas vraiment de cadre littéraire. D'une part car je n'ai pas forcément envie d'en avoir un et d'une autre part car je préfère écrire comme j'en ai envie. Et puis, entre nous, il faut bien une exception pour confirmer la règle n'est-ce pas ?
- Je vais vous raconter… Non, alors là je me stoppe ! Il faut que j'arrive à me canaliser et surtout à m'arrêter parce que, me connaissant je peux partir loin, voire même beaucoup trop loin. Je m'excuse par avance si à certains moments je m'éparpille, si je passe « du coq au loup ».

Super ! J'ai réussi à insérer l'expression un peu spéciale de ma grand-mère. Elle va être contente car c'est une édition limitée ! La citation, pas ma mamie, voyons ! Jamais je n'oserai parler d'elle de cette manière !

- Certains l'ont remarqué, d'autres peut-être pas mais je n'ai pas terminé d'écrire ma phrase précédente…

Et non, vous n'avez pas besoin d'aller vérifier, cela ne sert à rien, je ne me souviens même plus de ce que je voulais vous dire, donc vous n'aurez jamais la suite.

Est-ce que j'ai une mémoire de poisson rouge ? Oui… Je sais, merci ! Vous n'avez pas besoin de me le rappeler, vous allez finir par me vexer !

FAUX : il m'en faut beaucoup plus pour me vexer.

- Vous allez très vite comprendre que je change de sujet très rapidement et très souvent !

Eh oui, excusez-moi mais j'ai encore mes habitudes d'étudiante « une idée : un paragraphe ». Nous connaissons tous cette phrase et nous revoyons notre professeur(e) nous la dire en insistant dessus comme si c'était l'affaire du siècle !

Bon, il faut admettre que c'était tout de même parfois utile.

Je ne vais pas m'éterniser sur cet avant-propos car je suis certaine que vous vous impatientez de lire la suite de ce livre et je ne veux pas vous retenir plus longtemps.

J'ai quelques conseils pour vous avant d'avoir le privilège et je dirais même l'honneur de commencer la lecture de ce livre.

Installez-vous confortablement, prévenez vos proches de ne pas vous déranger, préparez-vous à revoir surgir en mémoire de magnifiques souvenirs, et une dernière chose : ne vous retenez pas de rire !

1 - Qui suis-je ?

D'apparence, tout le monde pense que je suis une femme timide, calme, soignée, ordonnée... Bref je parais être une femme parfaite ! Eh oui, je suis parfaite voyons, je dirais même que je suis *miss* univers. Qu'est-ce que vous croyez ?

Excusez-moi, petit moment de... Comment qualifier cela ? De valorisation ? Non ! D'estime de soi ? Non plus. De « Je me la raconte ! » ? Oui, sûrement.

Je pense qu'à travers la lecture de ce que j'ai pu écrire depuis le début de mon livre, vous commencez à deviner ma personnalité vu mon style d'écriture que je peux qualifier de spécial ou d'atypique ? Oui ! C'est le mot que j'emploierai.

Je n'ai encore jamais lu de livre où un auteur écrit de la même manière que moi et je me suis dit « Pourquoi ne pas essayer ? ». Une idée géniale n'est-ce pas ? Je suis persuadée que vous étiez en train de vous dire : « Bon Tatiana, redescend de ton petit nuage là. Tu parais narcissique et cela devient lourd pour certains ou drôle pour d'autres. ». Je suis divine !

Pour en revenir à ma personnalité je vais vous laisser la découvrir au fur et à mesure des chapitres et donc lors de mes diverses aventures. Et attention, les apparences sont parfois trompeuses ! Peut-être que le fait que j'écrive de manière extravagante cache en réalité ce que je suis réellement mais ça, vous n'allez pas vraiment le savoir car j'arrive très bien à cacher mon petit jeu.

Peut-être que Tatiana est en réalité une madame tout le monde qui exagère ses faits et gestes, peut-être qu'au contraire elle est quelqu'un d'introvertie pour qui l'écriture lui permet de se dévoiler un peu plus, peut-être qu'elle est juste elle au naturel avec ses qualités et ses défauts... Je vous laisse me découvrir à travers ce roman dans lequel je pense sincèrement qu'une bonne partie des lectrices et des lecteurs vont s'identifier ou encore reconnaître certains de leurs proches.

Sinon à part cela, il faut tout de même que je vous raconte l'essentiel de ma vie. Comme vous l'avez sans doute deviné je m'appelle... C'est à ce moment-là que je peux remarquer les personnes qui sont attentives aux divers détails de mon livre et ceux qui le survolent.

Donc, quel est mon nom ? Badam Badam Badam (oui ce sont des roulements de tambours ! Pas de jugements, merci !). Mon nom est Tatiana ROVERS ! J'ai trente-cinq ans mais dans ma tête j'en ai dix de moins (la grosse vingtaine pour vous aider).

Physiquement, je ne suis plus tellement toute jeune : des belles poignées d'amour, une bonne dizaine de rides, quelques bourrelets, des satanés cheveux blancs, de beaux petits cernes que j'essaye tant bien que mal de cacher…

Je suis également la maman de quatre petites terreurs que je vais immédiatement vous présenter. L'ainé, Tommy est dans sa dix-septième année, Hélène et Alicia, mes jumelles ont dix ans et le dernier, Lucas, a deux ans et demi. Quatre enfants à supporter, du moins cinq pour mon mari parce que quand je m'y mets je peux être infernale ! En y pensant, je me demande comment il fait… Chez nous, la fameuse phrase « Les opposés s'attirent. » prend tout son sens rien qu'en voyant notre couple. Patrice est d'un tempérament si timide et réservé.

Vingt ans que nous sommes ensemble avec mon cher et tendre Patrice car il est mon premier amour. Tout a débuté au lycée et, je l'espère, ne se terminera jamais. Quand je repense à nos débuts, jamais je n'aurai imaginé que nous en serions là aujourd'hui, parents de quatre merveilles. Nous avons vécu des hauts et des bas comme beaucoup de couples mais nous avons toujours réussi à en sortir la tête haute. J'en suis encore et heureusement follement amoureuse…

Il est si talentueux, si doué, si formidable, si exceptionnel... Bref c'est l'homme parfait.

Chéri, pense à la bague que je t'ai montrée en boutique la dernière fois s'il te plaît, merci d'avance ! Oui je suis un petit peu fayotte sur les bords...

D'autant plus que Patrice est comme moi, il est d'une générosité sans limite et a le cœur sur la main. J'ai souvent la surprise d'avoir de magnifiques cadeaux inattendus et des attentions quotidiennes malgré une vie à cent à l'heure pour tous les deux. Contrairement à moi, c'est le genre d'homme posé, qui parle peu et qui sort très peu. Quand il sort c'est pour faire une soirée jeux de société entre copains. C'est génial n'est-ce pas ? Que je suis vilaine et mauvaise ! Il ne m'emmène que très rarement. Je ne pense pas que ce soit dû au fait qu'il ne veut pas sortir avec moi mais il me dit quelquefois : « Non, ne viens pas... », « Tu risques de t'ennuyer ! » ou encore « Tu ne connais pas grand monde. ». En y réfléchissant, il a sans doute raison. Il est important qu'il passe des moments seul avec ses amis comme il est autant important que j'en passe avec les miens.

Pour vous rassurer, nous faisons tout de même très très souvent des soirées ensemble avec nos amis ! Mais je dois bien admettre que nous aimons également avoir chacun nos soirées avec nos amis respectifs. Nous avons tous besoin d'avoir notre petit jardin secret.

En revenant sur ces moments dédiés aux jeux de société, il faut que je vous avoue que je suis mauvaise perdante, mais qui aime perdre ? Non sérieusement, je ne sais pas pour vous, mais perdre ce n'est pas forcément ce que j'aime le plus. Je préfère largement gagner haut la main et m'en vanter légèrement après ma victoire… Oui, je le reconnais, ce n'est pas forcément génial une femme de trente-cinq ans qui est mauvaise perdante mais c'est la vie ma pauvre Lucette ! Cette fois, c'est une petite dédicace à ma maman d'amour !

Pour le coup, je comprends qu'il ne m'emmène pas avec lui lors de ses soirées entre amis, je ne suis pas la plus calme… Bien au contraire ! Nous n'avons tout simplement pas la même façon de voir les sorties entre copains et copines. S'il me voyait avec mes copines, il s'arracherait les cheveux… Enfin les quelques cheveux qui lui restent sur le crâne. Pardon chéri, celle-là était assez facile !

Je vous raconterai plus tard quelques anecdotes croustillantes mais pour le moment je vais m'abstenir. Vous risqueriez d'être traumatisés par mon comportement, d'avoir un fou rire incontrôlable, ou encore de vous dire « Ok, elle est très spéciale comme fille ! J'arrête de suite la lecture de ce livre ! ». Et, si vous voulez mon avis, vous ne devriez absolument pas. Je connais d'avance vos réactions car elles seront sans doute identiques à celle de mes proches.

En parlant de mon entourage, ils ne sont pas tous d'un tempérament très calme. En même temps, il faut bien certaines personnes farfelues pour partager à mes côtés mes fabuleuses aventures et pimenter un petit peu ma vie et moi la leur…

Ah, les amis, la famille, tout cela est très sacré à mes yeux ! Je suis extrêmement attachée à ma famille, voire même un peu trop. Pour moi, cette dernière passe avant tout le monde, suivie de très près par mes amis.

Pour moi, il est primordial de se sentir bien entourée. Je ne vois pas ma vie seule, sans mes proches à mes côtés. Être entourée par des personnes bienveillantes et que je porte dans mon cœur augmente considérablement mon estime de moi et mon bonheur.

Avec nos proches, nous avons une multitude de souvenirs qui nous suivent tout au long de notre vie. Des moments joyeux, émouvants, parfois tristes qui changent notre vie à tout jamais…

Et puis, il y a eux, ces amis qui prennent une énorme place dans notre vie jusqu'à devenir un membre à part entière de la famille ! Je vous en parlerai plus tard dans un autre chapitre car sinon je suis partie pour des pages entières et je ne vais jamais pouvoir terminer mes présentations.

Non mais Tatiana qu'est-ce qui te prend là ? Un petit coup de mou ? Allez cocotte, reprends tes esprits et continue de raconter ta vie et surtout de terminer tes présentations. Je me parle à moi-même, c'est tout à fait normal… Nous nous sommes tous déjà parlés au moins une fois ! Enfin plus ou moins parlé… Vous voyez ce que je veux dire ?

Et bien figurez-vous que moi je vois, donc si vous ne voyez pas, ce n'est pas grave cela ne va pas changer votre vie et encore moins la mienne. « Et bim, dans ta tête ! » comme dirait Tommy de façon plus vulgaire lorsqu'il est en plein « *game* » avec ses potes !

Il est utile que je continue les présentations avant de poursuivre mon histoire pour vous permettre de mieux contextualiser mon cadre de vie et les personnes qui m'entourent quotidiennement.

Dans certains livres, les présentations se font de façon très rapide, en quelques lignes, puis l'histoire commence, mais me concernant je ne sais absolument pas le faire. Il faut que je vous parle et que vous en sachiez davantage sur moi avant de continuer votre lecture.

Voyons, j'ai plus ou moins parlé de Patrice, beaucoup raconté ma vie, mais j'ai survolé les présentations de mes essentiels : mes enfants.

Commençons par Tommy ou non plutôt par Lucas ! Oh je ne sais pas tellement, cela n'a pas vraiment d'importance si ? Entre un qui est en pleine période d'opposition, qui n'est toujours pas propre et l'autre qui a tellement hâte d'être majeur pour ne plus avoir ses parents sur le dos. Il ne sait pas encore ce qui l'attend avec une maman comme la sienne !

Je vous assure qu'il me répète sans cesse « J'ai hâte d'avoir dix-huit ans, la liberté, aucune restriction, plus de liberté (plus dans le sens davantage, pas dans l'autre sens bien évidemment), moins les parents sur le dos… ». Ce à quoi je réponds « Mais oui Chatounet, tu seras bientôt majeur mais qui dit majeur dit responsabilités et cela commence par ranger sa chambre, faire ses papiers, plier le linge, t'occuper de ton frère et tes sœurs, faire les lessives et à manger. ». Oui je dois bien admettre que j'abuse un peu, je prends peut-être un peu « trop la confiance » comme il le dit souvent.

Il a hâte d'être majeur et moi, de même : je pourrai voir comment il se débrouille seul et si, comme il le dit si fréquemment, il n'a réellement plus besoin de ses parents. Je pense que ce sera un moment riche en émotions car je ne sais pas réellement à quoi m'attendre et je ne suis psychologiquement pas prête à le voir partir faire ses études ou sa vie loin de notre domicile… Mais nous en reparlerons en temps voulu, pour le moment, il faut déjà qu'il passe son baccalauréat et après nous en discuterons calmement.

Oui je vous ai dévoilé son surnom, mais s'il vous plaît, ne l'appelez pas de cette manière sinon je vais me faire assommer sur place ! Bien évidemment, je dis cela de manière très imagée.

Je suis absolument contre toutes formes de violences et encore moins les violences familiales.

Cela s'est déjà produit une fois. Le fait de le surnommer « Chatounet », pas de me faire assommer ! La scène s'est déroulée devant sa petite amie, du moins son ancienne petite amie. J'ai dû lui faire un peu peur en y repensant, mais qu'est-ce que j'en savais qu'il avait une petite amie et encore moins qu'elle était à la maison et plus particulièrement dans sa chambre !

Donc je suis arrivée dans sa chambre, comme à mon habitude en faisant la folle. Je me rappelle encore de la scène : j'avais Lucas dans les bras et un slip sur la tête. Ne me demandez absolument pas pourquoi car dans un premier temps je ne saurai pas quoi vous répondre et dans un second temps c'est ce qui fait mon charme, on me l'a toujours dit. Bref, je suis entrée en criant : « Chatounet, j'ai plié ton linge. Par contre, j'ai remarqué qu'il y avait un léger trou dans ton slip ! ».

Maintenant que vous avez le contexte, vous voulez sûrement connaître leurs réactions. En y repensant, c'était épique ! Sa petite amie est devenue toute rouge, mais rouge écarlate. En même temps, sympa la première rencontre avec son ex future belle-mère. Et Tommy ? Il s'est blotti sous sa couette sans doute de honte ou pour se cacher…

Je ne sais pas et je ne veux pas le savoir : moins j'ai de détails, mieux je me porte. Oui, je conçois qu'il grandisse mais au fond c'est et cela restera toujours mon petit Chatounet. Il faut vraiment que j'arrête de l'appeler comme cela, surtout à dix-sept ans !

Revenons au présent, maintenant il n'est plus avec Cindy et fort heureusement car je la trouvais trop *bimbo* pour lui. Non mais c'est vrai, une jeune fille de seize ans avec des faux ongles qui mesuraient vingt mètres de long (oui, c'est bien une façon de parler, sinon ce n'est pas réellement pratique), des cheveux blonds qui tombaient jusqu'aux fesses, des tenues très courtes… En plus, c'était un vrai pot de peinture entre sa couche de fond de teint qui tâchait toujours les vêtements de mon fils et ses rouges à lèvres aussi foncés les uns que les autres. Vous l'avez compris, je ne la portais pas vraiment dans mon cœur ! Mais comme on dit : « l'amour rend aveugle » et c'était sans aucun doute le cas pour Tommy…

Maintenant, il est en « *crush* » sur une jeune fille qui s'appelle Marie. Elle est plutôt jolie, enfin elle est à mon goût. Elle correspond davantage à mes critères physiques pour la petite amie que je juge idéale pour mon fils. Mais je ne veux et ne peux pas vous la présenter officiellement tout de suite pour ne pas précipiter les choses et encore moins vous donner de fausses informations. Non, il ne me l'a pas présentée, mais vous savez maintenant grâce aux réseaux sociaux nous voyons tout…

Je suis une maman très connectée, vous n'avez pas besoin de me le dire, on me le dit souvent. J'ai tous les réseaux sociaux que mes enfants ont. Enfin plutôt que Tommy a ! Les autres sont trop petits. Ah si, Hélène et Alicia sont sur un réseau social où elles doivent choisir un fond sonore et se filmer dessus dans un temps imparti. Elles sont à fond avec leurs challenges et surtout leurs danses aussi classes les unes que les autres.

Je suis également sur cette plateforme mais sûrement pas pour les danses ! J'y suis plutôt pour les jeux de rôles, vous savez quand quelqu'un parle et que l'on mime, figurez-vous que ça, c'est moi. Avec en prime, du maquillage à gogo, des tenues vestimentaires adaptées et des accessoires disons originaux ! Je ne vous dévoilerai pas mes accessoires, je vous laisse les imaginer. D'ailleurs, si vous avez des idées, n'hésitez pas à me les faire parvenir…

Revenons à nos moutons ou plutôt à mes enfants ! Je pense avoir fini avec mon grand, maintenant que j'ai commencé un petit peu avec les filles, c'est parti pour continuer.

Alors, comme je l'ai dit plus haut, elles ont dix ans donc elles sont en CM2. J'ai d'avance deviné que vous n'aviez pas forcément envie de chercher dans quelle classe elles sont alors je vous le dis, c'est plus simple. Donc qui dit CM2, dit l'année prochaine, enfin dans quelques mois la rentrée en sixième et donc au collège. Qui dit sixième, dit qu'elles commencent à se prendre pour des grandes et comme elles sont deux, tout est multiplié par deux. Autant vous dire que niveau « Je suis en crise d'adolescence. », j'ai ma dose. Mon grand vient d'en sortir alors que les filles sont en plein dedans, mais pas au même rythme alors je vous laisse imaginer le carnage que cela peut être à la maison.

Elles sont totalement différentes au niveau du caractère. Hélène est à fond sur ses jeux vidéo, sa console et ses défis quotidiens tandis qu'Alicia est axée sur la mode en voulant absolument avoir la dernière paire de chaussures qui vient de sortir. Elle est également à fond sur les amourettes et les peines de cœurs qui vont avec, ainsi que divers potins et commérages que je suis contente de partager avec elle.

Physiquement, je trouve que mes filles ne se ressemblent pas énormément. Enfin, je ne suis pas du même avis que leurs maîtresses… Mais, je dois tout de même avouer qu'au niveau du visage cela se joue à quelques détails : un grain de beauté sur le front, leurs façons de s'attacher les cheveux… Sinon, elles sont toutes les deux brunes avec la même coupe de cheveux, des yeux verts et des lunettes. Et oui, en effet, les problèmes de vue c'est une histoire de famille chez les ROVERS.

En parlant de leurs lunettes, c'est également un détail pour les différencier. Alicia a des lunettes marron, rectangulaires, légèrement arrondies tandis qu'Hélène a des lunettes rondes et noires. Vous devez vous dire « Mais qu'est-ce qu'on s'en fiche ! » mais je vous assure que c'est un détail qui fait la différence même pour nous, les parents.

Alicia me ressemble beaucoup au niveau du caractère. Elle aime le même style de musique que moi. C'est une grande bavarde, surtout pour me parler de ses amours. Après l'école, elle passe son temps libre dehors avec ses copines mais je veille à ce qu'elle ait fait ses devoirs correctement avant de sortir et à ce qu'elle rentre à 19 heures bien-sûr. Il y a des règles à la maison même si chez nous c'est tout de même terriblement à la *cool*.

Au contraire, Hélène a davantage le comportement de son père. Elle est d'un tempérament plus réservé et ne sort pas beaucoup, voire quasiment jamais. Mais si, qu'est-ce que je dis ? Elle sort pour acheter des nouveaux jeux vidéo ou pour aller avec Patrice voir les nouvelles sorties de jeux de société.

Hélène passe beaucoup plus de temps avec son père et avec Tommy en partageant leur passion commune : les jeux vidéo. Ils partent régulièrement en vadrouille et reviennent la plupart du temps avec des nouveaux jeux.

Je ne vous parle pas des figurines ni des cartes qu'ils collectionnent… Ils ont même un espace dédié à leurs collections dans la maison et attention à la personne qui déplacera d'un millimètre une figurine. Ils sont tellement *fans* de leurs collections qu'ils nettoient minutieusement toutes leurs pièces très régulièrement. Tous les dimanches, ils partent à la recherche de la perle rare ou du moins de la pièce rare manquante à leurs collections.

Depuis mon plus jeune âge, j'ai toujours rêvé d'avoir des jumelles. Ne me demandez pas pourquoi, je ne saurais pas vraiment vous l'expliquer...

J'en ai fini avec la présentation de mes jumelles, maintenant il ne me reste que le meilleur pour la fin : Lucas ! Je préfère préciser qu'il s'agit d'humour. Je ne fais absolument aucune différence entre mes enfants et je n'ai pas de préférence pour l'un ou pour l'autre, sauf lorsqu'ils m'agacent fortement...

Comme vous l'avez précédemment lu, Lucas c'est mon dernier ! Oui je vous assure le dernier de chez dernier ! Quatre enfants c'est amplement suffisant !

Alors pour lui, c'est bientôt la rentrée à l'école maternelle et qui dit école dit propreté ! À ce niveau-là, il se comporte assez bizarrement, enfin avec Patrice, nous n'arrivons pas toujours à le comprendre... Il a compris que maintenant, il devait arrêter la couche mais il n'a pas assimilé le concept qu'il fallait faire pipi ou caca sur le pot ou sur les toilettes !

Résultat : il se balade sans couche tout le temps, en refusant catégoriquement d'en mettre une et fait ce qu'il a à faire partout : sur le canapé, dans son lit, dans nos lits, sur nos draps propres, par terre, à côté du pot... Bref partout !

Nous avons beau essayer de le mettre sur le pot en lui chantant des chansons, en lui racontant des histoires, en discutant avec lui, en parlant d'une récompense, en le mettant devant un dessin animé… Désespérément, rien ne fonctionne !

Il doit y avoir des personnes qui s'horripilent en lisant cela et en se disant « Oh non, pas d'écran avant trois ans ! », mais quand vous avez un enfant qui fait pipi et caca partout et qui ne tient pas plus d'une minute trente assis sur le pot, trouvez-moi d'autres moyens ! Nous avons tout essayé ! Tout ce qui était possible et inimaginable mais rien ne convenait.

Il a bien compris le principe du pot, mais le fait de l'appliquer, c'est une autre affaire. De temps en temps il y va, mais n'y fait absolument rien. Donc nous patientons, voire nous nous impatientons ! Mais nous nous rassurons tant bien que mal : cela va venir, nous y croyons ! Vous aussi vous y croyez ? Rassurez-moi s'il vous plaît, j'en ai réellement besoin…

Du coup, Lucas est un enfant qui n'est pas encore propre. Mais il peut aussi être un petit ange, un véritable amour. Il a également des moments où il pleure pour un rien, il fait des caprices sans aucune raison valable mais dans ces moments-là je le mets devant les dessins animés. Non, je plaisante ! Cela ne vous a pas fait rire ? Moi si, un petit peu, je l'avoue.

Donc c'est monsieur câlin, monsieur visage d'ange, monsieur poli, monsieur sourire… Il est très sensible. Quand quelqu'un ne va pas bien, il le ressent, il va directement se blottir dans les bras de la personne. Même si je l'avoue, qu'à certains moments nous avons juste envie d'être seule avec notre chagrin. Mais comment repousser un petit être comme lui. Oui je l'aime d'amour mon fils ! Mais quelle maman n'aime pas ses enfants ?

Je pense que j'ai maintenant terminé de vous présenter mes enfants. Je vous rassure, vous allez en savoir davantage sur eux au fur et à mesure de la lecture de mon livre.

Vous devez sûrement vous demander pourquoi il n'y a que Tommy qui a un surnom. Rassurez-vous ils en ont tous, c'est juste que je ne vous les ai pas donnés au fur et à mesure. Vous souhaitez les connaître ?

Ok, très bien, les voici : Bichette (Hélène), Poulette (Alicia), Poussinet (Lucas) et Tommy je vous l'ai déjà dit c'est Chatounet. Je sais que ce sont des surnoms un peu ridicules mais bon... Cela peut également nous faire croire que nous sommes dans une ferme mais, allez-y donnez-moi quatre surnoms différents et qui ne sont pas moches non plus ? Vous avez du mal n'est-ce pas ? Voilà... Ce sont mes enfants donc je les surnomme comme j'en ai envie. Je vous rassure, je les appelle aussi par leurs prénoms mais surtout quand cela chauffe pour eux !

Quand je me mets à crier leurs prénoms, bizarrement la bêtise qui était en cours de réalisation est immédiatement stoppée et eux se retrouvent au garde à vous (ou presque) devant moi. Ils le savent maintenant, quand je les appelle par leurs prénoms cela n'est jamais bon signe, bien au contraire ! Je pense finalement qu'ils préfèrent tout de même que je les appelle par leurs surnoms même s'ils ne sont pas géniaux.

Sinon au sein de notre famille, nous adorons les animaux : nous avons un chat, deux lapins, un poisson et un chien. Tommy a aussi un animal… Pour mon plus grand bonheur ! Et oui, je vous confirme c'est ironique même très ironique !

Vous voulez savoir ce que c'est ? Un reptile ! Quel reptile ? Un serpent ! Pourquoi ? « Parce que mon pote a besoin que je le garde pendant son déménagement. ».

Oui, c'était l'excuse au départ et je me demande encore pourquoi j'ai accepté. Cependant son « pote » a déménagé depuis plus d'un an et le serpent est toujours chez nous ! Enfin, dans sa chambre et heureusement ! Comme je suis trop gentille, j'ai accepté que nous le gardions, à une condition, une seule ! Qu'il soit dans sa chambre, qu'il s'en occupe, qu'il reste dans son vivarium, que je n'achète pas de nourriture…

Il n'y a pas qu'une seule condition mais vous avez compris : je n'aime pas tellement ce genre d'animaux. Mais comme je suis la plus gentille des mamans, j'ai accepté qu'il le garde.

Ah sacré Snacker ! Il est beau, mais je ne m'en approche que très rarement ! Vous savez ce que Tommy a osé faire une fois ? Il l'a pris sur lui en le laissant se balader le long de son corps. Certains doivent se dire « waouh » et d'autres « beurk » et bien figurez-vous que me concernant je suis entre les deux ! Au début, j'étais pétrifiée à l'idée qu'un serpent se promène sur mon fils, mais maintenant j'en ai moins peur, je trouve cela original à condition qu'il ne me touche pas.

Avez-vous déjà vu un serpent se nourrir : attraper sa proie, l'étouffer et l'avaler d'un seul coup ? Non ? Je peux vous dire que c'est assez spécial à voir ! C'est bizarre et très surprenant.

J'arrête de parler de Snacker car cela me procure de véritables frissons ! Oui, je l'ai accepté mais je ne l'ai pas encore adopté !

Vous devez vous demander où est-ce que je vis avec autant de personnes et d'animaux chez moi ? Figurez-vous que nous avons une merveilleuse maison très illuminée de 350 m^2 sur deux étages en bord de mer ! Je peux comprendre que pour vous ce soit le rêve ! Vous souhaitez savoir autre chose ? Nous avons une piscine couverte dans la véranda ainsi qu'un terrain de 1000 m^2 avec vue sur la mer.

Vous vous demandez comment nous faisons ou comment nous avons fait pour avoir une si belle maison ? Nous pouvons dire : merci Patrice pour ton métier d'ingénieur en construction navale avec tes plus de 5 000 euros par mois !

Vous vous interrogez concernant ce métier car vous voulez également le faire ou trouver un mari dans cette branche-là ? J'ai une solution pour vous : cherchez sur internet ! Allez, on arrête de toujours tout avoir joliment servi sur un petit plateau d'argent et on cherche par soi-même la solution. Eh oui ! Je suis comme ça moi ! Non je rigole, je suis une fille extrêmement gentille mais j'ai juste une énorme flemme de vous l'expliquer. Et pour être tout à fait honnête avec vous je n'ai pas exactement compris en quoi son métier consiste ou du moins, pour me rattraper, je n'ai pas les mots justes pour bien vous l'expliquer convenablement.

Me concernant, je suis actuellement en reconversion. Enfin, je ne suis pas réellement en reconversion professionnelle parce qu'avant d'avoir mes enfants, je changeais de métier tous les quatre matins… J'ai tout fait : vendeuse, caissière, hôtesse d'accueil, nourrice, employée polyvalente en restauration… Puis après cela, quand j'ai eu Lucas, j'étais mère au foyer. Mais maintenant qu'il rentre à l'école, je me suis lancée un pari fou : devenir professeure des écoles. C'est un métier que j'ai découvert au fur et à mesure de la scolarité de chacun de mes enfants. Je vais donc passer le CRPE (concours pour devenir enseignant dans le premier degré si vous ne connaissez pas). Et oui, je veux être maîtresse !

Je me doute bien que vous allez vous dire « Elle veut être maîtresse en écrivant de cette manière ? ». En fait, j'écris mon histoire en ne faisant pas forcément attention aux tournures des phrases, ni même sans adapter mon vocabulaire mais je m'en fiche ! C'est ma vie donc ce que j'écris doit me plaire avant tout n'est-ce pas ? Le fond plutôt que la forme !

Bref, j'aime ma vie et même la vie en général. Vous voulez en savoir plus sur mon histoire et celles de mes proches ?

Il suffit de vous diriger vers le prochain chapitre ! Allez hop, hop, hop, foncez lire le chapitre deux. Vite !!!

2 - Le sport et la nourriture

Ah vous voilà ! Je ne savais pas si j'allais vous retrouver à ce deuxième chapitre ou si vous alliez vous enfuir en courant. Je rigole…

Si vous ne faites pas de sport, n'ayez pas peur… Je ne vous critique pas, loin de là, moi non plus le sport ce n'est pas pour moi, mais vraiment pas ! J'ai essayé mais mon corps m'a dit : non ! Enfin, c'est plutôt ma tête et mon petit bidon qui m'ont stoppée. Plus sérieusement, j'ai tout essayé ! Les *challenges*, les cures, les défis de célébrités, les vidéos… Bref, j'ai tout tenté. Vous savez, tout ce qui existe pour avoir « *THE Summer Body* ». Je suis certaine que vous l'avez lu avec l'accent américain ! Moi je ne l'ai pas donc je l'ai fait à la française ! Oui, je sais, c'est tout de suite moins glamour. Mais ne me jugez pas s'il vous plaît ! Merci bien !

Revenons à « *the summer body* », pour moi il est impossible de l'atteindre ! Pourquoi ? Tout simplement, parce que soit je le commence à la dernière minute (du style une semaine avant de partir en vacances), soit en hiver... Non mais vous avez déjà fait du sport en saison hivernale ? Aller courir sous la pluie ou sous la neige... Non merci, je laisse ma place mais vraiment avec joie. Moi, durant cette période, c'est plutôt : un chocolat chaud avec une petite touche de chantilly (une montagne), des bougies, sous mon lit...

Qu'est-ce que je dis ?! Je voulais dire sous mon plaid et dans mon lit, c'est plus logique n'est-ce pas ? Mais, je l'ai écrit comme ça et je vais le laisser tel quel parce qu'en me relisant cela m'a fait rire. De toute façon je rigole pour un rien...

Mais vous imaginez la fille sous son lit ? Vous la visualisez vraiment ? Je vous rassure que cela ne peut pas être moi... Parce que d'une part, je ne passe malheureusement pas et d'autre part, il y a trop de fouillis. Non ! Je vous vois venir, pas du « vrai fouillis » mais quelques caisses remplies de babioles, nos valises... Enfin pour être honnête, je ne sais plus ce qu'il y a en-dessous. La honte ? Pourquoi ? Vous savez ce qu'il y a sous votre lit vous ? Je ne crois pas... Attendez deux secondes, cela m'intrigue... Je vais jeter un petit coup d'œil.

Oh my god ! Vous savez ce que j'ai retrouvé dessous ? Non mais vraiment, je ne pensais pas retrouver cela un jour ! Nous l'avons tous connu dans notre vie, tous ! Alors, vous avez deviné ? Je vous laisse encore un peu de temps de réflexion…

C'est bon, assez réfléchi, je vous le dis : de la poussière ! Excusez-moi si vous avez pensé que j'avais trouvé quelque chose d'extraordinaire mais n'oubliez pas que vous lisez le livre de Tatiana.

Je ne sais pas si vous vous en êtes rendus compte mais je suis passée du sport, à l'hiver, à sous mon lit en peu de pages… Alors que pour tout vous avouer, j'avais prévu un plan de chapitre où tout était organisé mais ce n'est pas l'affaire du siècle. Je crois que les livres dans lesquels tout est planifié à la lettre près, ce n'est pas pour moi. Moi c'est plutôt : j'écris selon mes inspirations. Mais j'ai tout de même une belle liste d'anecdotes à vous partager dans ce livre.

Dernier aparté avant de revenir au sport ! Vous avez dû vous demander pourquoi je buvais encore du chocolat chaud à trente-cinq ans, c'est assez simple, j'ai horreur, mais je dis bien horreur du café. Rien que l'odeur, beurk ! Non mais sérieusement qui aime ? En plus je trouve que cela fait vieux et que nous en devenons vite dépendants… Oui, dépendants ! Nous connaissons tous cette personne qui ne commence pas sa journée sans avoir bu ses quatre cafés avec ses vingt-cinq sucres. Oui car du café sans sucre, c'est encore plus immonde que cela ne l'est déjà.

Oui, vous ne rêvez pas, je suis actuellement en train de débattre sur le café ! J'ai pourtant essayé d'en boire pour faire comme tout le monde et pour pouvoir me vanter en disant : « Je suis une adulte, je bois du café. » mais non ce n'est pas pour moi. Je laisse le café aux autres. Moi je fais partie de la *Team* chocolat chaud.

Vous voulez savoir quelque chose ? Quand Patrice boit son café le matin, je l'oblige à aller se brosser les dents avant de m'embrasser. Non mais vraiment, qui aime l'odeur du café ? Personnellement, je préfère l'odeur de l'essence, du vernis ou encore du blanc liquide ! Non, c'était une blague. Elle n'est pas drôle, je le sais, merci !

Oui, j'ai compris, j'arrête de vous parler de café. Revenons au chocolat chaud. Mon chocolat, du moins mes chocolats chauds, je les bois le matin au petit déjeuner, au goûter et de temps en temps le soir (surtout l'hiver). Le matin j'aime bien le boire avec des céréales. Attention, grand débat : le lait c'est avant ou après les céréales ?

Non, *stop* !!! Je ne veux pas de débat là-dessus ! La réponse est claire : on met le lait avant de mettre les céréales. Si, je vous assure, sinon après les céréales sont toutes molles. C'est immonde et immangeable ! Et, en plus, comment fait-on pour que le lait soit chaud ? Nous chauffons aussi les céréales ? Non merci !

Je viens de relire ce chapitre et j'ai passé beaucoup de paragraphes à parler de nourriture, excusez-moi mais la nourriture c'est la vie ! C'est peut-être aussi pour cela que je n'arrive pas à avoir un corps digne d'une *star*... Du coup, je renomme ce chapitre : le sport ET la nourriture. En effet, bizarrement, je trouve que les deux sont étroitement liés.

Il y a quelque chose que mes enfants qualifient de « pire » quand je bois mon chocolat chaud, c'est lorsque j'y trempe mes tartines de pâté de campagne. Oui, je l'admets, c'est assez particulier pourtant cela a un bon goût. Allez hop, prenez votre liste de courses et rajoutez du pâté, du pain et de quoi faire du chocolat chaud et essayez. Vous m'en direz des nouvelles !

Je vous ai peut-être dégoûté et choqué comme ont pu l'être mes enfants mais moi je trouve que ce n'est pas si horrible que cela. Il y a des mélanges qui sont quand même nettement plus immondes ! Quoi ? Vous voulez des exemples ?

Ceux qui mangent des pizzas avec de l'ananas dessus, ceux qui mangent des cornichons avec de la glace à la vanille, ceux qui mangent des pâtes au sucre ou encore du saucisson au chocolat... Je continue ? Ceux qui aiment le sucré-salé à tel point qu'ils mangent du fromage avec du chocolat ou ceux qui trempent leurs frites dans de la glace... Allez j'arrête, je me dégoûte moi-même... Si vous voulez en découvrir d'autres c'est simple, vous pouvez effectuer une recherche sur internet ou demander à vos proches, je suis certaine que certains font des mélanges vraiment improbables.

Je crois que je m'éparpille un peu trop là... Et si nous revenions au sport cela serait mieux je pense n'est-ce pas ? Du coup, je disais : les *challenges* pour avoir « *The Summer Body* » j'ai vraiment testé. En plus, bien souvent il faut les accompagner d'une bonne alimentation et comme vous l'avez vu avec mon pâté, ce n'est pas gagné pour moi. Mais nous n'avons qu'une vie, autant en profiter ! *Stop* ! Je vais encore dériver et parler d'un sujet n'ayant rien à voir avec le sport...

J'ai également essayé les vidéos de sport, vous savez celles que nous trouvons partout ! Celles où nous voyons un beau garçon qui enlève doucement et sensuellement son haut pour faire ressortir ses abdominaux et ses pectoraux bombés... Et surtout son V bien tracé ! Rien que d'en parler j'en salive ! Nous le connaissons tous, celui qui dit « Tu es prêt(e) à faire du sport avec moi ? Allez c'est parti : on s'échauffe ! » et qui, dès l'échauffement vous a perdu... De la même manière, je vais me canaliser avant de m'éparpiller et de partir loin, très loin !

Durant toute ma vie, j'ai seulement dû regarder deux vidéos entièrement, et encore je mettais, toutes les deux minutes, la vidéo en pause... Non mais c'est vrai, ils vont beaucoup trop vite... Bien souvent, je fais l'entraînement, et encore, et après j'arrête. Vous rigolez mais pour une fille comme moi, pour qui le sport n'est pas sa grande passion, ce n'est pas facile. De plus, je trouve qu'ils enchaînent beaucoup trop rapidement.

Me concernant je serai plutôt partante pour l'enchaînement suivant : un exercice, un bonbon, un exercice, un gâteau, un exercice, une tartine, un exercice, un verre de soda, un exercice…

Plus sérieusement, ils devraient mettre une pause entre chaque exercice, une pause plus longue que leurs quinze, trente secondes ou une minute de récupération. Dans la vidéo, ils font cinq répétitions, moi je suis en train de terminer ma première que je suis déjà au bout du bout. Je suis là avec la sueur dégoulinante et ne ressemblant plus à rien… Je termine toujours la séance rouge comme une tomate, toute trempée, assoiffée et sans constater la moindre différence avec mon corps d'avant.

Oui, je sais, nous ne voyons pas de changement dès la première minute ni même dès la première séance, mais faire du sport toutes les semaines ou pire encore deux ou trois fois par semaine, c'est impensable ! Une séance de dix minutes, et encore, je suis bien gentille, c'est quinze jours de récupération pour moi. Entre les courbatures qui sont atroces, les imprévus de la vie quotidienne, Lucas qui m'empêche de faire mon sport… Une multitude d'excuses toutes aussi peu justifiées que les motifs d'absences de mon fils au lycée.

Revenons à nos vidéos ! Quand je décide d'arrêter ou plutôt que mon corps et ma respiration décident de dire *stop*, je m'arrête mais je ne stoppe pas pour autant la vidéo. Le plaisir des yeux, voyons ! Qui ne l'a jamais fait ? Regarder un beau garçon en train de travailler ses abdominaux, ses fesses, ses bras, ses jambes... Bref tout son corps. Je fonds !

Je dois admettre que ceux qui sont poilus ne me font pas le même effet ! Excusez-moi mais personnellement les hommes poilus, ne m'attirent pas plus que ça. Il faut un peu de poils mais quand il y en a trop, ce n'est pas possible. Je veux un homme pas un... Je n'ai pas les mots... Après il y a poilu et poilu, je ne sais pas, un petit effort messieurs ! Quand vous mettez un débardeur moulant et que vous avez les poils qui sortent de votre col, cela nous fait moins rêver ! C'est, disons, moins attrayant.

Après je vous comprends, se raser n'est pas une partie de plaisir, si je peux vous rassurer, pour les femmes non plus... C'est tellement énervant de toujours devoir se raser et encore plus lorsque nous faisons du sport. Alors là, je suis certaine que je vais mettre quasiment tout le monde d'accord (surtout les filles) : lorsqu'on pratique un sport, il faut toujours se raser ou s'épiler de façon très régulière et ce n'est pas une réelle partie de plaisir. Entre les aisselles, les jambes, le maillot...

Les positions que nous devons faire dans la douche pour tout atteindre, ce n'est pas une mince affaire. Et en plus de cela, bien souvent cela bouche l'évacuation d'eau !

Les personnes que je plains le plus sont celles qui font de la natation car elles doivent se raser encore plus régulièrement. Sinon il y a du monde qui dépasse... Pardon, *stop*, je m'arrête ! Là cela devient gênant pour vous comme pour moi... Je suis désolée, mes plus plates excuses. Non, j'en fais un peu trop là ! Je rigole, voyons... Mais je vais tout de même changer de sujet. C'est préférable.

Je parle des hommes qui font des vidéos mais il y a aussi de superbes filles. Mais elles, je les idolâtre. Non mais sérieusement, elles me font rêver et par la même occasion inspirent de nombreuses personnes. Je rigolais en disant que je les idolâtre car en réalité je les jalouse un petit peu.

J'ai toujours rêvé d'avoir un corps comme elles, de me sentir bien dans mon corps, de porter à merveille un *legging* en ayant les fesses qui ressortent... Moi aussi je veux avoir un fessier en béton, des abdominaux bien dessinés (pas trop non plus sinon cela fait trop à mon goût). Je veux perdre mes belles poignées d'amour ainsi que ma cellulite qui ne font pas bon ménage avec mon corps. Non mais je crois qu'elles se sont trompées de binôme ! Vraiment, elles ont fait fausse route ! Je sais que c'est de ma faute mais laissez-moi croire qu'un jour elles vont partir. Si elles pouvaient embarquer les vergetures avec elles, ce serait vraiment l'idéal.

J'ai tenté tant bien que mal de les faire disparaître. Je crois que les vergetures, la cellulite et les poignées d'amour sont bien accrochées et qu'elles n'ont absolument pas envie de laisser leurs places aux muscles qui sont encore bien enfouis ! J'ai tout essayé, les crèmes miracles, les massages drainants, le palper rouler, le sport… Plein d'autres choses encore mais cela ne fonctionne pas ou du moins pas sur moi.

J'ai également testé les régimes, je les ai pratiquement tous essayés, mais il y a toujours quelque chose qui ne va pas…

Pour le régime protéiné ou hyperprotéiné, je trouve qu'il y a trop de viandes, de poissons ou d'œufs. Oui je sais, c'est le principe mais trop c'est trop. Étant une grande *fan* de charcuterie, comment vous expliquer que pour le régime végétarien j'ai réussi à tenir qu'une seule journée, et encore… De la même manière, le régime sans sel est selon moi comme un régime sans sucre ou sans viande… Assez complexe à imaginer et donc à réaliser !

Pour le régime hypocalorique, il ne faut pas manger de sucre ou de matière grasse. Autant vous dire que pour moi c'est juste impossible. Je ne peux pas passer une journée sans manger de produits sucrés ou de produits gras. Mince, pensez à mes tartines trempées dans mon chocolat chaud ! Non, je trouve ce régime réellement inenvisageable. En plus de cela, pour le suivre, il faut être très rigoureuse et moi et la rigueur nous ne sommes pas toujours compatibles. De la même manière, ce régime demande une organisation et une planification des repas au préalable.

Oui, je suis le genre de femmes qui décide de ce qu'elle va préparer à manger en ouvrant son frigo et ses placards. J'ai un profond respect pour les personnes qui arrivent à planifier à l'avance leurs repas. C'est vrai que c'est génial pour les courses ! Me concernant, trop de produits arrivent à la date de péremption au moment de les manger… Vive l'organisation !

Il y a d'autres régimes mais je ne vais pas tous vous les citer… Si vous souhaitez les connaître, vous allez chercher sur votre fabuleux moteur de recherche ou sinon vous prenez rendez-vous avec un professionnel de santé digne de ce nom.

Je vous rassure, je me sens bien dans mon corps avec mes quelques kilogrammes en trop mais avoir un corps sculpté à la perfection m'intéresse également. Je ne sais pas si vous êtes pareils que moi mais quand je vois une personne avec un beau corps qui fait du sport, cela me donne également envie d'en faire. Je rentre dans une sorte de compétition, je me lance un défi pour avoir le même corps. Généralement, à la fin, je finis toujours par être un peu déçue car le résultat n'est pas au rendez-vous.

Bien évidemment chaque corps est différent, avec ses qualités et ses défauts. Mais il faut tout de même avouer que malheureusement nous nous comparons trop souvent aux autres. Du coup, nous avons souvent tendance à nous dévaloriser et à nous décevoir par la même occasion… Nous finissons rapidement dans un mauvais *mood*. J'arrête avec cette note négative car nous allons tous finir par déprimer ou nous sentir mal et ce n'est pas le but.

Pour tout de même rester sur cet aspect du sport, j'ai vraiment l'impression que nous faisons souvent du sport pour éviter d'être jugé sur notre physique. Vous partagez peut-être la même impression que moi, ou pas. Nous avons quelquefois l'impression d'être moqué(e) pour notre physique quand nous passons à côté de jolies personnes alors que la beauté est quelque chose de subjectif.

Attention, la Tatiana philosophe fait son apparition ! Je pense que pratiquer un sport doit nous faire plaisir et doit nous maintenir en forme. Si nous faisons du sport pour ne pas être jugé(e), pour combattre des moqueries ou pour ressembler à une personne, ce n'est pas forcément la bonne solution. Il faut faire du sport pour soi et non pour changer le regard des autres.

Mais qu'est-ce qu'on s'en fiche du regard d'autrui sérieusement ! Qu'est-ce qu'on s'en fiche d'avoir un corps que nous jugeons de rêve ! En soit, qu'est-ce que c'est d'avoir un corps de rêve ? Ce n'est rien !

Chaque corps est magnifique avec ses formes et ses rondeurs, avec des kilogrammes en trop ou en moins. À quoi cela sert d'émettre un jugement physique sur une personne sans s'être un minimum intéressé(e) à la vie de cette personne ? À rien !!! Rien que d'en parler ou du moins de l'écrire cela m'énerve… J'arrête tout de suite avec cet esprit-là car je ne veux pas que le livre prenne mauvaise tournure. Cependant, il me semblait tout de même important de faire une piqûre de rappel : tout le monde est beau ou belle avec ou sans complexe ! Nous devons nous accepter et surtout nous aimer tel que nous sommes.

Je suis une personne qui n'a pas toujours confiance en elle et qui essaye de faire du sport pour rentrer dans les codes de la société et pour plaire à tout le monde. C'est paradoxal, je vous l'accorde mais je devrais plutôt être comme la jeune fille que j'étais, qui faisait du sport par plaisir et pour s'amuser. Oui, quand j'étais plus jeune, à l'époque des dinosaures comme dirait mon fils, j'ai pratiqué différents sports même si je n'excellais pas.

Commençons par les sports collectifs. La plupart des sports collectifs se pratiquent avec des balles et des dossards. Autant vous dire que ce sont les deux « accessoires sportifs » que je déteste le plus au monde.

Les balles ? J'en ai peur. Je suis le genre de filles qui crie quand elle voit la balle s'approcher ou qui se cache pour ne pas se faire toucher par la balle. En plus de cela, je ne sais pas faire de passe : je ne sais ni attraper convenablement une balle ni même la lancer à l'endroit où je devais la lancer. Je ne sais pas pourquoi, elle part toujours à l'opposé. Elle finit généralement dans les mains de l'équipe adverse pour le plus grand malheur de mes coéquipiers.

Les dossards ? Ces vêtements que l'on devrait plutôt qualifier de « choses » me dégoûtent au plus haut point. D'une part à cause de leurs odeurs nauséabondes et d'autre part, ils ne sont absolument pas portables. Nous ne ressemblons à rien en portant ces derniers sur nous sérieusement ! Non mais c'est vrai, déjà qu'en tenue de sport, nous ne sommes pas toujours très glamour mais avec un dossard en plus, c'est le pompon ! Allez hop, j'ai encore réussi à glisser une autre expression de ma grand-mère !

Pour les sports collectifs, nous sommes souvent amené(e)s à coopérer et à s'entraider mais des fois, c'est juste impossible. Quand nous avons trop de pression en se faisant crier dessus car nous lançons mal la balle, que nous l'attrapons mal, que nous nous positionnons mal, que nous faisons des fautes et j'en passe, nous avons tout sauf envie de coopérer !

De plus, je trouve que les sports collectifs ont trop de règles de jeu. Dans un premier temps, il faut comprendre les règles. Dans un deuxième temps, il faut les accepter et les intérioriser. Et dans un dernier temps, il faut les maîtriser et y penser et ça, ce n'est pas gagné.

Pour les sports individuels, il y a aussi des règles mais je les trouve plus *cool*, elles sont moins prises de tête. Ce qui me déplaît dans les sports individuels c'est quand la notion de compétition devient importante. En effet, lorsque nous faisons un *match* ou une partie avec notre adversaire, nous avons l'impression de jouer notre vie. Il n'y a plus personne qui parle, nous nous regardons à peine et nous fixons notre objectif. Le pire, c'est lors des compétitions avec la présence de public.

Le public que je caractérise de pire sont les personnes qui sont censées t'encourager mais qui te crient « Va à droite ! », « Va à gauche ! », « Fonce ! », « Bouge ! », « Mais ce n'est pas possible de passer à côté de cette action ! » et bien d'autres… Il n'y a rien de plus frustrant quand pour toi la compétition n'est pas si « importante » que cela et que tu pratiques ton sport pour le loisir et le plaisir que cela peut te procurer.

Ce que je hais le plus dans le sport, ce sont les problèmes musculaires qui surviennent dès le lendemain de la séance. Il y a également des douleurs physiques qui peuvent arriver en pleine séance. Mais la douleur que je déteste le plus et je pense que certaines personnes aux cheveux longs vont se reconnaître c'est le mal de tête quand nous avons mal attaché nos cheveux. Cela tire tellement nos cheveux…

Mis à part cela, j'ai eu des moments dans ma vie où, pour moi, faire du sport était synonyme d'échappatoire durant lequel il fallait que je me dépasse. Je me forçais quitte à m'en faire mal physiquement pour oublier des choses ou pour me vider la tête. Le sport me permettait de me bouger de mon canapé et d'aller évacuer toute cette souffrance et cette rage que j'avais en moi.

Il faut admettre que ce n'est pas évident de faire du sport lorsque nous sommes lancé(e)s dans une autre activité surtout lorsque nous n'avons ni la motivation, ni l'envie de nous déplacer. Me concernant, je préfère largement écrire plutôt que de faire ma séance de sport par exemple.

Lorsque j'étais adolescente, j'écrivais des petits textes et j'en ai écrit un à la demande d'une personne sur le sport. Je vous le dis tout de suite, je n'avais pas du tout le même style d'écriture que maintenant. Vous voulez tout de même le lire ? Le voici :

Le sport :

Le sport est un moyen inouï de tout oublier le temps d'un instant durant lequel tu te défoules complètement. Poussé(e) par une motivation sans faille, tu te donnes des objectifs à atteindre. Tu fais énormément d'efforts pour améliorer ton record, tu te lances de multiples défis…

C'est un moment précieux pendant lequel tu te sens libre : tu as envie de tout donner, tu sors toute ta rancœur jusqu'à t'épuiser…

Durant cette merveilleuse période, il n'y a que toi, toi et toi seul(e) face à ce sport que tu aimes tant, ce sport que tu adores pratiquer pour différentes raisons. Tu es dans ta bulle, sans personne autour, tu n'écoutes plus rien, tu te donnes à fond, tu sors toute la rage qu'il y a en toi. Tu repousses tes limites

quitte à avoir mal les jours à venir. Mais après chaque séance, tu en sors si fier(e), fier(e) de toi, fier(e) d'avoir fait tout cela…

Quand tu pratiques un sport tu le fais avec un véritable plaisir. À chaque fois, tu as hâte d'y retourner. Ainsi, c'est en faisant du sport que tu t'exprimes et que tu défis d'autres sportifs. Tu as une fierté incroyable, sincère, tellement belle quand tu t'aperçois que tu progresses sans même t'en rendre vraiment compte.

Il y a aussi les personnes qui pratiquent un sport pour mieux se sentir dans leur peau, aussi bien physiquement que moralement. Le sport est un moyen idéal pour tout extérioriser, pour se dépasser, pour repousser ses limites et ses craintes, pour se dépenser, pour tout oublier… Pour se sentir libre tout simplement…

Alors ce petit texte vous a plu ? Oui mon style d'écriture a un peu changé mais ces textes font partie de mon histoire. Il me semblait important de vous les partager. Et comme je sais d'avance que vous avez adoré lire ce petit extrait et que je vous ai mis l'eau à la bouche, je vais vous en introduire d'autres au fur et à mesure de ce livre.

Je ne sais pas pourquoi j'écris un chapitre aussi long sur le sport alors que je n'aime pas vraiment en faire. Revenons plutôt à ce que je préfère dans ce chapitre : la nourriture !

Au quotidien, pour les repas chez les Rovers, nous avons différents cas de figures.

Cas numéro un : Nous avons la flemme de cuisiner donc nous commandons auprès de restaurants.

Cas numéro deux : Nous avons (encore) une flémingite aiguë et nous grignotons ce que nous trouvons dans les placards.

Cas numéro trois : Nous voulons nous faire une soirée tranquille donc nous nous faisons un apéro dinatoire, des pizzas ou encore une plâtrée de pâtes et de frites mélangées. Oui, je sais c'est assez spécial mais vous devriez tester. C'est super bon ! Cela plaît à tout le monde : ceux qui aiment les pâtes, ceux qui aiment les frites et ceux qui aiment les deux.

Cas numéro quatre : Nous cuisinons de temps en temps des bons petits plats faits maison. Ce n'est pas très fréquent (vous devez vous en douter). Après il y a beaucoup de vaisselle à faire.

J'aime réellement cuisiner mais quand je vois le nettoyage, la surveillance, les préparations qu'il y a à faire cela me freine rapidement. Quand je cuisine, je me crois dans une émission culinaire, il m'arrive même de me filmer. J'adore particulièrement essayer de nouvelles recettes mais la plupart du temps cela ne se termine jamais comme sur la recette, cela part souvent en cacahuètes !

Allez, je vais vous raconter une petite anecdote ! Quand j'étais adolescente, j'ai voulu faire un gâteau pour l'anniversaire de mon frère. Jusque-là, tout se passait relativement bien, l'attention était mignonne, la préparation se déroulait convenablement, tout était sous contrôle ! Puis je ne sais même plus pourquoi, il me reste une scène en tête. J'ai presque honte de vous la raconter…

Je me vois arriver sur la terrasse, où se trouvaient mon frère et ses copains, avec son gâteau, ses bougies et le tout sur un torchon. Oui, vous avez bien lu, une grande partie du gâteau se trouvait sur le torchon. Si, je vous promets, je ne sais plus à quel moment cela a échoué ! En y repensant, j'en rigole encore. Moi qui voulais faire un gâteau au chocolat fondant, pour le coup il était bien fondant, il coulait partout… Je pense que vous vous imaginez correctement la scène qui était clairement catastrophique et épique.

En continuant sur les anecdotes, cette fois-ci j'en ai une concernant la cuisine salée. Je ne sais pas si je vais directement dans le vif du sujet ou si je vous contextualise la scène avant… Je vais vous la contextualiser, ce sera plus judicieux.

Tout d'abord, cela s'est déroulé il y a peu de temps… Je suis une femme qui se maquille très rarement mais ce jour-là je ne sais pas pourquoi je m'étais apprêtée : j'avais mis une jolie robe ainsi que des talons et j'avais réalisé un joli maquillage. Autant vous dire que cela n'arrive quasiment jamais ! Ce soir-là, j'avais eu une soudaine envie de préparer un plat fait maison à mon mari. Les enfants n'étaient pas à la maison ce soir, je voulais donc marquer le coup et lui préparer une belle petite surprise.

Je commence à préparer ce merveilleux petit plat que nous adorons tous les deux : du poulet à la moutarde. Et dans cette recette qu'est-ce qu'il y a hormis du poulet et de la moutarde comme son nom l'indique ? Il y a des oignons ! Normalement, rien que d'avoir le contexte et d'avoir lu le mot « oignon » cela doit vous faire penser à une scène que nous vivons tous et toutes : les yeux qui brûlent et qui pleurent en épluchant les oignons. Ce soir-là, j'ai eu la totale : les yeux qui brûlent et qui pleurent, le nez qui coule, les joues rouges et je ne sais pas pourquoi j'avais chaud... Vous imaginez ma tête ? Non ? Pas encore ? Il faut réellement que je vous la décrive ?

Une fille maquillée qui vient de couper des oignons, cela se transforme en une femme version panda. Une fille qui n'a plus son mascara sur ses cils mais qui coule sur ses pommettes. Oui, c'est tout de suite moins glamour ! Et devinez-quoi, c'est bien évidemment à ce moment-là, que mon cher et tendre mari a décidé de rentrer du travail. Surprise ! Une femme panda ! J'ai perdu tout mon charme à cause d'oignons...

Il s'agit d'un ingrédient que je « redoute » lorsque je cuisine. J'ai essayé plusieurs méthodes (autant que de régimes) mais aucune technique n'a réellement fonctionné. Le fait d'aérer la pièce, mis à part d'attraper un bon petit rhume ou des coups de chaleur, cela ne m'a rien apporté de bon. La cuillère entre les dents me les a littéralement esquintées. Soit je n'ai pas bien compris le principe et j'ai trop serré la mâchoire, soit la cuillère était trop épaisse mais j'ai tout arrêté en finissant par avoir une crampe à la mâchoire. La technique avec l'allumette entre les dents, je ne l'ai pas essayée de peur de me faire allumer. Enfin d'allumer l'allumette... Étant donné que le ridicule ne tue pas, j'ai également testé avec les lunettes de plongée. La buée que cela faisait... L'oignon dans le congélateur ? Oui j'ai essayé, d'ailleurs j'ai encore oublié de le sortir...

Bref, vous l'avez compris, j'ai essayé plusieurs techniques mais malheureusement aucune n'a réellement fonctionné. Mais, si le cœur vous en dit, vous pouvez vous aussi les tester et me faire un retour là-dessus. Je suis preneuse de toutes techniques efficaces pour ne pas me transformer en femme panda à chaque fois que j'épluche et que je coupe des oignons. Je ne vais pas m'éterniser en parlant de cet incroyable ingrédient dans ce livre mais j'ai une dernière petite question : comment prononcez-vous le mot « oignon » ?

Il s'agit d'une réelle question que je me pose. Dans mon entourage, certains disent « oignon » sans prononcer le « i » donc cela donne « ognon » et d'autres prononcent le « oi » mais comme dans « noir » ... En réalité ce n'est pas si intéressant...

En restant dans le domaine culinaire, ce que je préfère c'est le fait d'aller au restaurant. Et je ne suis pas compliquée. Tout me va, vraiment tout, à une condition qu'on me l'offre ! Oh la radine !!! Non je rigole, je paye aussi ma part. Mais non, voyons, vous n'avez pas d'humour… Quelquefois, c'est moi qui invite. Mais, on s'en fiche un petit peu non ?

Attention, après le moment humoristique, voici le moment philosophique et profitez-en car il n'y en aura pas beaucoup. J'adore la cuisine car cela éveille les papilles gustatives (waouh, j'ai évolué mon niveau de vocabulaire tout à coup), régale mes yeux et réveille mon odorat. Sérieusement, la cuisine me fait toujours m'évader par son odeur, son aspect visuel ou son goût. Vous voyez ce que je veux dire ? Il y a des plats qui vous font parcourir le monde rien qu'en les mangeant ou en les dévorant du regard. Des goûts qui te rappellent des souvenirs d'enfance, des voyages, des rencontres… La fameuse madeleine de Proust ! Nous avons tous et toutes un plat qui nous rappelle le souvenir d'un lieu ou d'une personne, c'est obligatoire. Nous l'avons tous, je vous l'assure, je vous laisse y réfléchir quelques instants avant de continuer la lecture de mon livre…

Certains plats épicés nous font voyager à travers le monde entier quant à d'autres ils nous font également voyager mais pas réellement vers la direction escomptée. Vous voyez ce que je veux dire ? Ils nous dirigent directement vers la source d'eau la plus proche, vers un produit laitier, du pain ou encore vers les toilettes… Je parle bien évidemment des personnes qui ne supportent pas les épices en tout genre. Pour ma part, j'aime quand c'est très peu épicé. Et attention, je n'aime pas toutes les épices. J'ai une légère préférence pour celles qui relèvent le plat mais pas trop non plus. Oui, je deviens vite toute rouge en mangeant trois minimes grains de piment ou toute pâle en sentant certaines épices.

Cela me fait penser à un jour où je suis allée manger chez une amie lorsque j'étais plus jeune. Je peux vous assurer que je n'y suis allée qu'une fois... Rien qu'en rentrant chez elle, l'odeur des épices était fortement présente. Mais lorsque nous nous sommes approchées du salon et de la cuisine, je me souviens encore du mal de tête et de la nausée que cela m'a procuré. Oui, je suis extrêmement sensible aux odeurs d'épices... J'ai fait comme si de rien n'était. Mon amie a vu que je n'étais pas très bien et m'a demandé ce que j'avais. Et là j'ai sorti une excuse du tonnerre qui je l'espère allait me sauver : « La séance de demi-fond m'a retourné l'estomac ! ». Malheureusement pour moi, mon amie m'a dit qu'elle était également barbouillée après la séance et m'a dit que la meilleure solution était de manger le plat que ses parents avaient préparé... Oui, grand moment de désillusion ! Nous avons donc partagé ce repas avec ses parents.

Autant vous dire que je n'ai jamais été aussi heureuse de reprendre les cours. Ce n'était absolument pas contre elle, ni contre ses parents, ni même contre la cuisine de ses parents comme vous pouvez le penser mais c'était simplement et uniquement car je ne supportais absolument pas les épices... Le goût pouvait encore passer mais l'odeur me bloquait complètement.

C'est d'ailleurs sans doute pour cela que lorsque je cuisine, je n'en mets que très rarement... Même le fait de saler ou de poivrer un plat, je l'oublie. En plus, j'ai toujours des difficultés à doser les quantités. Lorsque je cuisine, ce n'est jamais assez salé ou le contraire. Les dosages dans une recette deviennent pour moi assez aléatoires. C'est parfois assez, voire trop complexes, n'est-ce pas ? Je trouve que pour bien cuisiner, il faut s'approprier la recette. Les dosages sont propres à chacun. C'est pour cela que je revisite toujours la plupart de mes recettes.

Avez-vous déjà mangé dans un restaurant gastronomique ? Pour ma part, assez rarement ! Il faut bien avouer qu'en regardant les plats, cela donne envie mais lorsque nous découvrons le prix pour la quantité que nous avons dans notre assiette, cela nous refroidit directement... Ils ont un grain sérieusement ! Hop, un petit jeu de mot ! Pour ceux et celles qui n'ont pas compris mon jeu de mot ou mon humour, il y a d'un côté l'expression avoir un grain et d'un autre côté le fait que la quantité est minime comme un grain... Oui, je dois l'admettre, je pars peut-être un peu trop loin...

La gastronomie ce n'est pas fait pour moi ! Je mange toujours en grande voire en très grande quantité donc c'est plus difficile pour moi. De plus, je n'ai pas forcément envie de dépenser trop d'argent dans ce type de restaurants... Je préfère le petit restaurant du coin ! Nous connaissons tous ce petit restaurant qui nous sert rapidement et d'où nous sortons repus avec une addition convenable.

D'ailleurs, je ne sais pas comment ils font pour nous servir aussi rapidement en ayant des aliments cuits convenablement. Ils ont l'art de gérer la cuisson à la perfection ! Vous devez penser que c'est carrément normal. J'ai vraiment l'impression que tous les fours ne chauffent pas de la même manière, exprès pour nous perdre. Si un restaurateur passe par là, je suis preneuse de conseils concernant les différentes cuissons.

Une fois, je faisais un gâteau. Jusque-là, tout allait bien ! J'ai réussi à bien suivre ma recette et le rendu du gâteau avant cuisson ressemblait fortement à celui de la recette. J'ai enfourné mon gâteau durant quarante-cinq minutes à 220 ° comme indiqué sur la recette. Je l'ai tranquillement laissé cuire en vaquant à mes occupations.

Au bout d'environ quarante minutes de cuisson, j'ai commencé à sentir une odeur de brûlé. Je ne me suis pas précipitée, je me disais que cela devait être un bout de gruyère qui traînait dans le four et qui brûlait tranquillement. Bip, bip, bip. C'était mon minuteur, il était l'heure de sortir le gâteau. Je suis arrivée devant le four et... Ce n'était pas le gruyère qui brûlait tranquillement mais bel et bien mon gâteau que j'avais préparé avec tant d'amour...

Cette anecdote vous a rappelé quelque chose ? J'en ai une autre. Nous étions invités pour fêter le nouvel an chez mon beau-père et nous avions prévenu que l'on ramenait un gâteau au chocolat pour le dessert. Comme à mon habitude, j'ai décidé de commencer à faire ma recette une heure avant de partir.

Ayant eu un nouveau robot de cuisine à Noël je me suis dit « Pourquoi ne pas l'essayer ? ». À un moment, il fallait monter les blancs en neige. Trop la classe, mon robot pouvait le faire tout seul, il suffisait d'insérer un batteur sur le hachoir, de paramétrer le temps ainsi que la vitesse de rotation et d'appuyer sur le bouton « marche ». J'ai activé le robot et au bout de trois secondes (pour ne pas dire au bout de deux secondes), nous avons entendu un gros bruit comme si nous hachions des glaçons ! Ce n'était pas des glaçons mais bien le batteur qui venait de se faire littéralement hacher par le hachoir... Je vous laisse imaginer l'état de mes blancs en neige...

Ce n'est pas tout, nous n'avions donc plus de batteur, ni de blancs en neige. Je me suis dit que j'allais refaire des blancs en neige. J'ai regardé dans mon frigo, il ne me restait qu'un œuf au lieu de quatre. Nous étions le 31 décembre, il était environ 20h30, tous les commerces du coin étaient fermés. Donc, pas de possibilité d'acheter des œufs ni de les pondre ! Je me suis dit : « Oh, ce n'est pas grave, on ne va pas mettre de blancs d'œufs. Je vais continuer la recette comme cela, mon moelleux au chocolat gonflera juste moins. ». J'ai tranquillement continué mon petit gâteau. En sortant le « moelleux » du four, il était tout plat et sec. J'ai alors directement regardé Patrice et il m'a dit « On va tout de même l'emmener, on a prévenu qu'on ramenait le dessert ! ».

Nous sommes donc arrivés là-bas avec notre semblant de dessert. Je m'étais bien habillée avec mes superbes talons à marcher et/ou courir jusqu'au domicile de mon beau-père. Je ne sais pas comment cela s'est déroulé, mes pieds se sont emmêlés, je me suis sentie tomber. Premier réflexe : tout lâcher et m'accrocher à la poubelle d'à côté. Une vraie poubelle, pas mon conjoint qui était également à côté. La classe n'est-ce pas ? Non pas du tout, j'avais les mains extrêmement sales et une partie du gâteau sur mes talons. Pour vous rassurer, nous avions fini par arriver chez mon beau-père avec ce qui restait du dessert. Dans un sale état, certes, mais avec un dessert... Dessert que nous avions tout de même eu l'honneur de déguster ! Non. En réalité, nous l'avions juste goûté par principe mais nous ne l'avions pas vraiment dégusté... Disons que pour le goût ce n'était vraiment pas ça...

Étant donné que j'ai commencé à parler de pâtisserie, je vais continuer sur cette lancée mais avec une note moins positive : séparer les blancs des jaunes. À vrai dire, c'est comme éplucher des oignons, il y en a qui y arrivent parfaitement du premier coup et puis il y a les autres...

Pour ma part, c'est généralement un coup sur deux. Soit j'arrive parfaitement à séparer les blancs des jaunes, soit il y reste toujours une petite coquille, soit le jaune n'arrive pas à se séparer du blanc et finit par se lier d'amitié avec lui au point où ils finissent ensemble dans le même saladier... Mélangés bien sûr, sinon ce n'est pas amusant ! Et généralement, j'ai toujours pile poil le bon nombre d'œufs qu'il faut dans la recette donc je n'ai pas le droit à l'erreur.

Lorsque je cuisine et qu'une coquille s'y mêle sans que je n'arrive à la retirer, je fais comme si rien n'était : soit cela passe, soit cela casse. Ici, cela croque plutôt… Mais j'ai toujours une réponse toute faite. Je pense que nous sommes plusieurs à la dire : « Oh bravo, tu as eu la fève ! ».

Paradoxalement, pour moi le fait de cuisiner ou de pâtisser est une réelle partie de plaisir. Et d'autant plus lorsque je cuisine avec mes enfants. Cela devient un moment de partage et de convivialité si significatif à mes yeux. De temps en temps, nous faisons des concours de cuisine en famille. Nous avons plusieurs critères de notation comme l'esthétisme du plat, le goût et le mélange des saveurs.

Vous allez rigoler mais s'occuper de l'aspect esthétique d'un plat c'est encore plus compliqué que de suivre une recette. Entre les piles d'aliments qui se transforment rapidement en Tour de Pise ou qui tombent directement, les filets de sauces qui dégoulinent ou qui ne sont pas forcément réguliers, le manque de place dans l'assiette… Je ne vais pas vous mentir, je ne suis que très rarement la première pour l'esthétisme d'un plat.

Je le répète mais il y a tout de même un gros inconvénient à la cuisine maison c'est la vaisselle et je dirais même qu'il y en a plusieurs avec le rangement et les courses. Qui aime faire la vaisselle et surtout ranger après avoir cuisiné ? Pas moi en tout cas ! Déjà qu'en temps normal, je n'aime pas spécialement faire le ménage mais alors en cuisine c'est le pire. Il y a toujours des choses qui trainent, que ce soit de la nourriture, des emballages, de la vaisselle, des ustensiles... Bref, il y a beaucoup trop de choses à ranger après avoir cuisiné.

C'est encore pire quand nous sommes plusieurs à cuisiner. Enfin, je vous mens quand je vous dis qu'il y a encore plus de bazar quand nous sommes plusieurs à cuisiner car même quand je suis toute seule, j'utilise tellement de choses ! Je ne peux pas ou du moins, je n'arrive pas à utiliser qu'une cuillère pour doser différents ingrédients par exemple. On me le reproche souvent « Mais pourquoi as-tu utilisé tous ces ustensiles pour un seul plat ? ». Ou encore « Quand tu cuisines, on le sait ! Ça se voit directement en rentrant dans la cuisine. »

À part cela, je suis devenue une adepte de la poche à douille et cela depuis peu de temps. Vous vous demandez sûrement pourquoi. Je vais tout vous expliquer ! À noël dernier, j'ai voulu faire des verrines. Jusque-là, tout semblait aller bien. Sauf lorsque j'ai décidé de faire huit recettes complètement différentes et que pour chaque recette j'ai rempli une douzaine de verrines. Je vous laisse faire le calcul du nombre de verrines que j'ai réalisées, cela faisait beaucoup !

Vous comprenez pourquoi je suis devenue une adepte des poches à douille maintenant et pourquoi je déteste autant la vaisselle ?

Vous vous imaginez ma journée de préparation en cuisine à faire les verrines ? Imaginez-la bien car je n'ai pas envie de vous la raconter. Je vous laisse imaginer la scène en sachant que je suis bordélique et maladroite…

Lorsque je cuisine, j'ai la fâcheuse tendance à oublier les éléments essentiels de mes préparations. Je suis toujours obligée de faire les courses quinze fois dans la semaine car il manque toujours des choses. Prenons un exemple, là tout de suite. Samedi, je dois faire un cake aux olives et aux lardons. Devinez ce qui me manque ? J'ai honte de vous le dire car c'est un des ingrédients phares de la recette… Il me manque les olives ! Du coup, demain je vais devoir y aller.

D'autre part, je sais très bien qu'il ne faut pas que j'aille faire les courses avant de manger. Je ne sais pas vous mais lorsque je fais les courses et que j'ai faim, j'ai toujours tendance à vouloir acheter des millions de choses… Le pire c'est lorsque je passe dans les rayons grignotage ! Le caddie se remplit si rapidement.

De toute manière, lorsque je fais les courses, je ne ressors jamais avec seulement ce dont j'ai besoin. Je rajoute toujours des choses en plus, des choses plus ou moins utiles pour tout vous dire. Par exemple, je rachète des assiettes alors que nous en avons déjà une quantité astronomique. À d'autres moments, j'ai envie de tester de nouveaux plats donc je fais le plein de mon caddie. Ou encore je n'achète que des bêtises sauf la chose pour laquelle je suis venue faire les courses… Un comble !

J'ai toujours tendance à acheter en grande quantité en oubliant la taille de mon frigidaire et de mon congélateur ! Encore une fois, pour vous rassurer, tout finit par rentrer. Je vous rappelle que nous sommes six humains à la maison avec en prime des animaux à nourrir. Donc il y a rapidement plus de place.

En ce moment, nous avons un problème de gazinière. Deux plaques sur les quatre ne marchent pas. Attention, je sais directement ce que vous allez me dire « On ne dit pas elles ne marchent pas car elles n'ont pas de jambes mais on dit elles ne fonctionnent pas ! ». Oui je sais, j'allais l'écrire mais je voulais également glisser cette petite phrase qui me fait rire !

Eh oui, je suis joueuse ! Donc oui, mes plaques ne chauffent pas convenablement. Je ne vous explique pas du coup les conséquences que cela a. Nos petits plats prennent encore plus de temps à chauffer, trente minutes pour faire bouillir de l'eau ! C'est impensable et pourtant chez nous c'est le cas…

Cela me rappelle un souvenir lors d'un voyage avec des amis. Nous avions décidé de faire chauffer des pâtes car les pâtes c'est la vie ! Mais le temps passait, l'eau ne chauffait pas et elle ne bouillait donc pas. Nous avons attendu, encore un peu, encore longtemps… Nous avons fini par réussir à faire cuire les pâtes.

À la fin de la cuisson, lors du rangement justement, nous nous sommes rendu compte que nous avions oublié d'enlever le cache qui se situait sur les plaques… Erreur de débutantes…

Vous voulez continuer à en savoir plus sur moi et connaître d'autres anecdotes avec mes amis ? Je vous conseille d'aller lire la suite. Entre-temps, vous pouvez aller prendre de quoi grignoter ou boire. Attention car vous risquez de pouffer de rire !

Allez, on se retrouve au prochain chapitre.

3 - Les sorties entre amis et les différents types d'amis

Ah super, vous voilà !

Les meilleurs moments selon moi, ce sont les moments d'échanges et de retrouvailles autour d'un bon repas. Ce que j'adore, c'est de partager un moment convivial avec mes amis.

Je ne sais pas si vous pensez comme moi mais à mes yeux l'amitié est quelque chose d'important. Dans la vie, nous rencontrons énormément de personnes, certaines sont juste de passage tandis que d'autres vont prendre une place considérable dans notre tête et surtout dans notre cœur.

J'ai une petite question : avez-vous déjà remarqué que dans le mot « famille » il y a le mot « ami » ?

En réalité, ce n'est pas si anodin que cela, car pour moi mes amis sont ma deuxième famille. D'ailleurs, je les appelle mes

« f'amis ». Vous connaissez les personnes que nous considérons comme nos frères ou nos sœurs. Certains que nous qualifions même de « meilleur(e) ami(e) ».

Ah les amis, ceux à qui nous pouvons nous confier sans être jugée, ceux qui ont toujours les mots justes quand cela va mais surtout quand cela ne va pas, ceux qui nous soutiennent durant toutes les épreuves de notre vie…

Je suis le genre de femmes qui n'a pas énormément d'amis mais je sais que ce sont des personnes sur qui je peux compter. J'ai parfois été « jalouse » des personnes qui avaient beaucoup d'amis. Je ne sais pas pourquoi, je me demandais pourquoi eux en avaient autant et moi un peu moins. Je me suis vite rendue compte que ce n'est pas forcément la quantité qui compte mais bien la qualité !

C'est dans les moments difficiles que nous nous rendons compte de qui est présent et qui ne l'est pas. J'ai vécu des moments compliqués et c'est souvent après ces périodes que j'ai fait un tri dans mes amis. Je pense que vous comprenez tous et toutes de quoi je parle.

STOP ! Qu'est-ce qui se passe là ? Est-ce que c'est normal que moi, Tatiana, j'écrive aussi longtemps de façon aussi sérieuse ? Je ne pense pas ! Mais, vous avez dû comprendre que pour moi les amitiés sont essentielles dans ma vie.

Avant de finir ces déclarations, je voudrais, dans un premier temps, dire à mes amis à quel point je les aime (ne vous emballez pas trop non plus). Je vous partage un texte que j'avais écrit sur les meilleurs amis. Il était destiné à ma meilleure amie avec qui j'ai maintenant plus de vingt ans d'amitié.

<u>Ma meilleure amie :</u>

Dans la vie, nous rencontrons des millions de gens mais il suffit de rencontrer une personne et notre vie est changée à jamais.

Nous avons tous déjà pensé au début que notre meilleure amie était une personne comme les autres puis avec le temps nous découvrons que c'est une personne exceptionnelle. Cette personne n'est qu'une inconnue et au fur et à mesure, elle évolue dans ton cœur. Elle passe du statut de connaissance à celui de copine puis celui d'amie.

Dans les moments difficiles nous nous rendons compte que cette personne est toujours présente. Avec le temps, une complicité extraordinaire se crée et elle devient ta meilleure amie.

Il arrive que des meilleures amies se disputent, qu'elles finissent en larmes dans leurs chambres et qu'elles s'en veulent terriblement d'avoir fait du mal à l'autre. Pendant

chaque querelle, chacune regrette et culpabilise de ne plus parler avec l'amie que nous aimons le plus au monde.

Ces deux personnes ont le sentiment qu'une guerre mondiale éclate dans leur tête ainsi que dans leurs cœurs. Oui, aussi dans leurs cœurs, car quand cette personne n'est plus près de l'autre, leurs vies ne sont plus les mêmes.

Mais comme beaucoup de personnes le disent : on ne sépare pas l'inséparable.

Cette phrase reflète bien la réalité car une dispute ne dure jamais très longtemps. Cette dispute aura été une terrible souffrance mais les retrouvailles sont encore plus merveilleuses et le lien qui les unit est encore plus fort...

Une meilleure amie c'est une personne à qui on peut tout raconter sans être jugée, avec qui nous faisons les 400 coups, avec qui nous vivons des moments inoubliables. Une personne avec qui nous pouvons rester des heures à rire, à parler, à se raconter des anecdotes...

Ensemble, nous vivons des moments remplis de joie, de folie et de bonheur. Cette personne peut être ton opposé comme ton portrait craché. Des meilleures amies se connaissent par cœur, même les moindres secrets de l'une et de l'autre. Leurs

discussions peuvent durer du lever du soleil à son coucher et bien plus encore.

Rien que de relire ce texte, cela me fait remonter des souvenirs.

Vous voulez savoir comment nous parlions d'un sujet ou d'une personne sans se faire prendre avec ma meilleure amie ? Jade, on leur avoue notre petit secret ?

Allez, je n'ai pas besoin de sa réponse je vous le dis : nous communiquions par la « langue de feu ». Dîtes moi que vous connaissez cette fabuleuse langue qui est certes un petit peu complexe à maîtriser et à comprendre mais qui est tellement drôle.

Ceux qui ne connaissent pas, essayez de décrypter le texte suivant. Il faut savoir que nous utilisions cette langue à l'oral donc je vais écrire assez bizarrement ce texte mais vous allez comprendre, enfin j'espère.

« Jefe nefe séfé pafa sifi voufou afaléfé confonpranfrandrefre monfon texfextefe méfé jesfespèfèrefe toufou defe mêfêmefe. Jefe véfé enfencoforefe lefe confontifinufuéfé : séfé afasséfé drofolefe defe voufou fèfèrefe gafaléféréré afa défécorfortifiquéfé ufunefe lonfonguefe frafrasese quifi nafa nifi quefe nifi têfêtefe. Jefe mefe suifi vraifémenfen afamufuzéfé afa voufou éfécrifirefe lafa frafrazeze oufou plufutofo léfé frafrazeze. »

Ouf, j'arrive à la fin et c'était long à écrire punaise ! La prochaine fois, je ferai plus court. J'espère du plus profond de mon cœur que vous avez joué le jeu.

Vous voulez la réponse ? Étant donné que je n'entends pas de réponse, je ne vais donc pas vous la donner !

Comme cela m'embêterait de perdre la moitié de mes lecteurs sur ce fabuleux texte, je vais vous donner la solution mais je vous laisserai comprendre le mécanisme tout seul !

« Je ne sais pas si vous allez comprendre mon texte mais j'espère tout de même. Je vais encore le continuer : c'est assez drôle de vous faire galérer à décortiquer une longue phrase qui n'a ni queue ni tête. Je me suis vraiment amusée à vous écrire la phrase ou plutôt les phrases. »

Qu'est-ce que c'était drôle de s'écrire des messages codés que personne ne savait lire sauf nous deux. Cela nous amusait de communiquer de cette manière.

Je vous arrête tout de suite, nous ne faisions pas cela tout le temps non plus ! Sinon cela nous aurait pris trop de temps que ce soit pour l'écrire ou pour le déchiffrer.

Allez, je vous dévoile d'autres messages codés que nous avons pu utiliser cela pourra vous donner des idées. À vos décryptages, prêts, partez !

Premier message codé :

« Fh phvvdjh hvw oh soxv orqj d hfuluh fdu lo qh idxw devroxphqw sdv vh wurpshu gh ohwwuhv ! Grqf mh p'duuhwh pdlqwhqdqw. »

Alors, vous avez deviné ? Un petit indice, il s'agit d'un échange de lettres. Dans ce message, la lettre D est en réalité la lettre A, la lettre E est la lettre B et ainsi de suite…

Je vous laisse le temps de trouver la réponse. Je vous conseille de prendre un papier et un stylo ou un crayon de papier si vous préférez.

Oh j'adore, je vous fais des petites énigmes. J'espère que vous aimez autant que moi les résoudre. Si ce n'est pas le cas, vous pouvez sauter les énigmes, je ne vous en voudrai pas. Sinon, je vous laisse encore un peu réfléchir.

Voici la réponse : « Ce message est le plus long à écrire car il ne faut absolument pas se tromper de lettres ! Donc je m'arrête maintenant. »

Deuxième message codé :

« Ci cudegi ist somoleori ey pricidint, cipindent un chengi jysti quilquis littris è sevuor lis vuaillis : E, I, O, U, Y it A. »

Si vous avez correctement assimilé l'astuce précédente, vous avez dû comprendre qu'ici, il n'y a que les voyelles qui ont changé. La lettre A est devenue la lettre E, la lettre E s'est transformée en lettre I et ainsi de suite.

Voici la traduction du message codé pour les personnes qui n'ont pas réussi : « Ce codage est similaire au précédent, cependant on change juste quelques lettres à savoir les voyelles : A, E, I, O, U et Y. »

Troisième message codé :

222.33 // 6.33.7777.7777.2.4.33 // 33.7777.8 // 2.7777.7777.33.9999 // 333.2.222.444.555.33 // 7.666.88.777 // 555.33.7777 // 7.33.777.7777.666.66.66.33.7777 // 77.88.444 // 666.66.8 // 33.88 // 88.66 // 7.666.777.8.2.22.555.33 // 2.888.33.222 // 222.555.2.888.444.33.777 // 6.2.444.7777 // 7.555.88.7777 // 3.444.333.333.444.222.444.555.33 // 7.666.88.777 // 555.33.7777 // 2.88.8.777.33.7777 //. // 5.33 // 6.33 // 8.777.666.6.7.33 // 7.33.88.8 // 33.8.777.33 //.

Je vais voir s'il y a des personnes de la même génération que moi par ici où comme disent mes enfants « Il n'y a que les personnes d'un certain âge qui ont eu cet ancêtre. » ou encore « C'était comme ça l'ancienne génération ? ».

Vous l'avez peut-être compris ou décrypté. Il s'agit d'un message codé similaire à la manière dont on écrivait avant sur nos premiers téléphones portables. Avez-vous connu le téléphone où l'on appuyait quatre fois sur la touche 7 pour avoir la lettre S ?

Ah je vous assure, il ne fallait pas du tout être pressé pour envoyer un message. C'est peut-être pour cela qu'avant nous nous appelions beaucoup plus que maintenant.

Oui, il faut l'admettre : de nos jours, les portables sont ultra rapides pour envoyer un message. Il existe même l'option enregistrement ou dictaphone.

Oups, j'ai oublié de vous donner la réponse du message codé : « Ce message est assez facile pour les personnes qui ont eu un portable avec clavier mais plus difficile pour les autres. Je me trompe peut-être. »

Quatrième message codé :

Et ce sera le dernier message codé car je risque de vous perdre ou de vous lassez.

« Leji lrouveté lecé lexteté lropté lrôledé à laperté et à levinerdé. Lelacé leraitès lraimentvé loolcé lueequ lousvé ayez lorrectementcé louéji leèl leuji ou ludé loinsèm essayé ledé lraduireté lecé lessageèm. »

Ce message est un largonji où l'on remplace la première lettre du mot (uniquement si c'est une consonne) par un L tout en écrivant la sonorité de la lettre que l'on a remplacée à la fin du mot. Par exemple le terme « largonji » signifie « jargon ».

65

Donc ici le message codé était : « Je trouve ce texte trop drôle à taper et à deviner. Cela serait vraiment *cool* que vous ayez correctement joué le jeu ou du moins essayé de traduire ce message. »

Je dois admettre que ce dernier codage était particulièrement difficile.

Revenons à nos discussions avec Jade. Vous devez vous demander « Mais pourquoi elles écrivaient comme cela ces deux-là ? ». Pour tout vous avouer, c'est surtout quand nous avions beaucoup de temps à perdre ou que nous voulions embêter l'autre. Par la même occasion, nous gênions les personnes qui souhaitaient lire discrètement nos conversations, vous savez les personnes qui regardent par-dessus votre épaule ce que vous écrivez…

Je vous admets également que certains des messages que nous nous écrivions concernaient ces mêmes personnes mais elles ne pouvaient pas le savoir car elles peinaient à les décrypter.

Oh cela me fait penser qu'un jour une personne nous a démasquées lorsque nous utilisions la langue du feu. La personne s'est mise à nous dire une phrase en utilisant cette langue, nous sommes vite devenues rouges comme des tomates.

Les jeunes, je vous vois venir ! Vous allez tout de suite arrêter de vous moquer de nos délires de jeunesse avec nos messages codés sachant que vous faîtes exactement la même chose ! Ne commencez pas à nier ! Non ! *Stop* !

Vous savez, quand vous utilisez des mots que personne ne comprend comme par exemple : « bestah », « condé », « blaze », « boloss » ou encore « la peufra ».

Ces termes que nous pouvons qualifier de mots, cela peut encore aller même si je ne comprends rien… La pire chose est lorsque nous regardons les échanges de messages de jeunes. Vous ne voyez pas de quoi je parle ? Attendez, je vais vous copier un SMS que Tommy m'a envoyé par erreur.

« Oh t srx ? Osef des go. Chui qlqn moa. Fo kon s'capt dmn ! »

Je n'ai toujours rien compris à son message et quand je lui ai demandé il m'a répondu « Oh rien, laisse béton ! ».

Le dernier message je l'ai compris et j'ai pu remarquer que les jeunes utilisent aussi le verlan. Je ne sais pas s'ils ont réellement conscience que c'est juste un mot à l'envers et que c'est loin d'être récent. Nous avons tout de même quelques points communs !

Je crois que j'ai terminé de vous parler des différents codages à l'écrit et à l'oral, mais il faut tout de même que vous sachiez qu'avec mes amis nous aimons beaucoup tout ce qui est codé.

Par exemple, pour nos soirées, nous les organisons souvent en choisissant un thème. Je trouve que cela rajoute quelque chose de pétillant à la soirée !

La dernière soirée que nous avons faite était celle que nous appelons « une personne : une couleur ».

Chaque personne a une couleur attitrée. Le principe est simple : la personne doit venir vêtue dans la couleur choisie et doit ramener un plateau contenant des choses à manger et à boire de la couleur qui lui était désignée. Ce type de soirée est haut en couleurs !

Nous y découvrons beaucoup de nourritures et de boissons assez insolites. De plus, c'est assez amusant de voir un buffet avec des couleurs bien distinctes. Il nous est également arrivé de faire des recettes maison tout en y ajoutant du colorant alimentaire. Si vous avez envie de découvrir de nouvelles saveurs et de nouveaux produits, c'est la soirée qu'il vous faut !

Il y aussi la soirée « contenants insolites ». Durant cette soirée, tous les invités doivent ramener des objets pour boire et pour manger sans utiliser de la vaisselle classique. Cela peut provoquer d'énormes fous rires. Vous voulez des idées d'objets que nous avons déjà ramenés ?

Même si vous n'avez pas envie de le savoir, je vais tout de même vous le dire. Attention, nous allons faire un petit jeu : je vais vous lister les objets que nous avons déjà ramenés sans vous dire son utilité.

Faîtes place à votre imagination : un seau (propre), une pince à épiler (sans poil dessus), un cure-dent (non utilisé), une boîte à chaussures (sans les chaussures à l'intérieur), un pot pour bébé (jamais utilisé), un chapeau (spécial calvitie), un coussin péteur (c'est plus drôle qu'un simple coussin), un pot à plante (sans la plante), une gamelle pour chien (neuve), un arrosoir (qui n'a pas pris la pluie), un pistolet à eau (pas trop petit mais pas trop grand non plus), un balai de toilettes (oui, vous avez bien lu), un spray (vide bien sûr), une canette vide (et rincée bien évidemment)…

Eh oui, je suis d'accord, il y a du niveau lors de nos soirées !

Maintenant, je vous parle de mes soirées préférées : les soirées déguisées. Ces dernières où nous changeons littéralement d'identité ! Celles où nous nous cachons derrière un personnage. Les soirées qui commencent souvent en fous rires et qui se terminent en fous rires non contrôlés…

Commençons par évoquer la soirée « une lettre : un objet ». Je pense que vous connaissez tous cette soirée. Enfin, nous l'avons remixé de deux manières.

La première, nous devrions plutôt l'appeler « un prénom : un objet ». À cette soirée, tous les invités doivent se déguiser en un objet ou une personne qui commence par la même lettre que leur prénom. Prenons un exemple. Mon prénom commence par quelle lettre ? Oui, bravo : un « T ». Me concernant, je me suis déjà déguisée en tomate, en téléphone, en télévision, en tortue… Je ne vais pas tous vous les citer sinon vous allez prendre toutes mes idées ! Je vous connais bien maintenant.

La deuxième soirée de ce type est la soirée « une lettre : un objet ». Tout comme la soirée dont je viens de vous parler, nous devons nous déguiser en un objet commençant par une lettre commune à tous les invités. Cela produit généralement des doublons, des devinettes car certains se déguisent d'une manière carrément improbable… N'est-ce pas Noémie ? Tu te souviens lors de la soirée commençant par un « P » ?

Je ne vais pas vous dire en quoi elle était déguisée mais cela pouvait porter à confusion…

Mes soirées déguisées préférées sont tout de même les soirées à thème. Le principe est simple : il y a un thème de soirée et tous les invités doivent se déguiser ou s'habiller sur le thème choisi. Cela donne des déguisements parfois épiques et très originaux ! Je vous épargne les rigolades qui s'y accompagnent mais je pense que vous connaissez ce genre de soirées.

À chaque fois, je prends toujours un malin plaisir à me transformer avec des déguisements tous aussi surprenants les uns que les autres. Avec moi c'est soit tout, soit rien ! Soit on joue le jeu, soit on ne le joue pas, mais si on ne le joue pas ce n'est pas drôle !

J'adore tellement ce genre de soirées pour lesquelles je passe un temps fou dans les magasins à chercher, dans les moindres recoins, la perle rare. Il m'arrive souvent de créer mes déguisements, pour le plus grand bonheur de Patrice. En effet, pour une belle bordélique comme moi, lorsque je crée ce n'est pas tout rose.

Cette expression n'est pas la plus adaptée car lors de la préparation d'une soirée, j'avais décidé de créer mon propre déguisement et la pièce était certes littéralement retournée, mais surtout remplie d'éléments roses... Je vous laisse un peu réfléchir à la question suivante : pourquoi la pièce était remplie de cette couleur ?

Je vous aide un petit peu en vous donnant quelques indices. Pour le premier indice, je vais vous donner le thème de la soirée : Faune et Flore. Pour le deuxième indice, il s'agit d'un animal faisant partie de la famille des *Phœnicoptéridés*.

Oui je sais, je me la raconte un peu en vous donnant des mots exceptionnels mais mon moteur de recherche peut être un ami précieux pour l'écriture de ce livre.

Je pense que vous avez tous deviné en quoi j'étais déguisée. Si ce n'est pas le cas, vous pouvez taper « Phœnicoptéridé » sur internet. Pour les personnes qui ont une fainéantise aiguë je vous donne la réponse maintenant : je suis un animal et plus précisément un oiseau, je dors généralement sur une patte, je suis tout rose... Je suis ?

Bravo, vous avez trouvé la réponse : je suis un flamand rose !

Maintenant que vous savez en quoi j'étais déguisée, vous devez vous demander pourquoi il y avait du rose partout. Je ne vais pas vous faire patienter bien longtemps car la simple et bonne raison était que j'ai voulu créer un déguisement couvert de plumes roses. J'ai donc été acheté des vêtements de couleur rose et j'y ai collé des plumes partout.

C'était un travail très long et minutieux. Je ne vous parle pas du temps que j'ai consacré au nettoyage de la pièce après. Et je ne vous parle pas non plus du nettoyage le lendemain de la soirée où il y avait des restes de plumes dans toute la maison.

Et oui, cette soirée-là s'était déroulée chez nous pour mon plus grand bonheur, ou pas. Je vous assure que l'idée de coller des plumes sur des vêtements ce n'était pas ma meilleure idée finalement ! Le fait de devoir ramasser chaque plume une à une non plus. Pour ma défense, je ne voulais pas boucher l'aspirateur. Heureusement Patrice avait fait plus *soft*.

D'ailleurs, il faudrait que j'arrive à remettre la main sur les photos que nous avions faites durant cette soirée. J'aimerai tant voir l'état de mon déguisement sur moi avant la soirée et à la fin de soirée.

En parlant de photos, quand nous partons en session photos avec mes proches, cela peut durer des heures et des heures mais qu'est-ce que cela nous fait de beaux souvenirs.

Le seul souci qu'il faut absolument que je change, c'est que toutes celles que je prends restent trop souvent dans mon smartphone. Cela serait tellement mieux de faire comme avant : d'avoir les photos en version papier. Toutes les photos sont sur téléphone mais personnellement je ne prends rarement le temps de les regarder. C'est bien dommage.

Il va vraiment falloir que je prenne le temps de faire des albums photos par thème pour avoir un réel plaisir à les regarder. Cependant, je ne vais sans doute pas les faire car moi et l'informatique cela ne fait pas bon ménage mais ça, c'est un autre sujet.

Revenons à nos moutons enfin plutôt à nos soirées car si je me mets à parler de moutons nous sommes mal partis. Car oui, je me suis également déjà déguisée en mouton… Je ne vous dis pas de quelle manière, je vous laisse le privilège de le deviner.

Après les soirées déguisées, ce que j'aime beaucoup ce sont les soirées que j'appelle « *girly* ». Ces soirées entre filles où nous passons notre temps à se raconter nos potins, à se pouponner, à grignoter tout et n'importe quoi.

Eh oui les garçons, nous aussi nous avons le droit à nos soirées « *girly* » et pas de jugement s'il-vous-plaît car nous ne nous permettons pas de juger ouvertement vos soirées jeux vidéo, football et j'en passe.

Revenons aux meilleures soirées du monde entier ! Ces soirées où l'on en ressort avec un grand sourire, de bonne humeur, des souvenirs plein la tête, le téléphone rempli de vidéos et de photos, des cernes… Ces soirées qui nous permettent de prendre soin de nous dans tous les sens du terme : le corps, la tête et le ventre.

Le ventre car nous nous remplissons l'estomac avec toutes les bêtises que nous pouvons manger. Je ne vais pas non plus vous les lister mais c'est tout ce que nous aimons. À force de faire des soirées ensemble, nous nous connaissons parfaitement et nous savons quoi ramener pour faire plaisir à toutes.

Souvent, je ramène des aliments hors du commun. Vous connaissez le moment où vous vous baladez dans les rayons du magasin et que vous tombez sur un aliment original, un aliment d'enfance ou une découverte gustative. Je ne sais pas si vous faites comme moi mais quand cela m'arrive, je suis toujours tentée d'acheter ce produit et de le ramener à ces soirées *girly*. Je découvre parfois des produits exceptionnellement bons et parfois des choses immondes. Rien que d'y penser cela me répugne !

Vous l'avez compris, durant nos soirées c'est grignotage à gogo… Il nous en reste toujours des tonnes !

Nous prenons donc soin de notre ventre mais également de nous physiquement. Ah ces soirées où nous nous faisons des soins mutuellement, où nous nous transformons en masseuses, esthéticiennes, coiffeuses, prothésistes ongulaires et bien d'autres…

Ces moments où nous sommes qu'entre filles et que nous en profitons pour nous faire des soins ! C'est toujours amusant car à un moment de la soirée nous terminons toutes avec une sorte de crème souvent étrange sur le visage.

Ce que je préfère le plus, c'est quand nous sommes couvertes de masques : sur le visage, sur les cheveux, les pieds, les mains… Nous ne ressemblons à rien mais qu'est-ce nous en rigolons, surtout lorsque quelqu'un sonne à la porte et qu'il faut absolument aller voir qui c'est.

Nous avons tous déjà vécu ce moment-là que nous soyons en soirée ou non. Vous savez quand nous perdons tout notre charme et notre crédibilité en allant ouvrir la porte en plein soin ou en plein maquillage.

Je me rappelle d'une fois où un livreur a sonné à la porte. Ce jour-là, j'avais décidé de faire mon vernis de pied et un masque à l'argile sur le visage. Je suis descendue ouvrir la porte en peignoir rose fuchsia, une charlotte sur la tête avec mon bain d'huile qui macérait en dessous, mon masque d'argile à moitié sec sur le visage et mes pieds en éventail.

Je vous rassure qu'à ce moment-là je n'ai pas particulièrement fait la maline. Si seulement j'avais pu me changer en un claquement de doigts je l'aurai fait mais c'était impossible…

En y pensant, les livreurs vous avez tout mon respect. Vous devez en voir des personnes dans des états plus originaux les uns que les autres, mais ce qui m'impressionne dans tout cela c'est votre manière de garder votre sérieux. Je n'ose même pas imaginer ma réaction si quelqu'un ouvrait la porte dans l'état dans lequel j'étais. Je serai mitigée entre de la gêne et un fou rire…

En parlant de fous rires et de soins, lors d'une soirée avec nos conjoints respectifs, nous avons eu la fameuse idée de prendre soin d'eux.

Cela a commencé par un beau soin du visage en veillant à ce que les cheveux ne touchent pas le masque, mais pas de souci, ils étaient maintenus par un splendide petit bandeau… Je jubile de vous partager des photos ! Par la suite, nous avons décidé de prendre soin de leurs magnifiques jambes bien poilues. Oui je sais, ce n'est pas la première fois que je vous parle de poils mais pour vous rassurer je n'ai pas de problème avec les poils.

À votre avis, qu'avons-nous bien pu faire avec des hommes et des poils mis à part des tresses ? Sratch… Aïe… Perte de virilité… Oui, vous l'avez bien deviné, nous avons sorti nos plus belles bandes de cires.

Je dois l'admettre, je suis un peu machiavélique sur les bords mais qu'est-ce que j'ai pu rigoler. Surtout lorsque juste une bande leur a suffi et qu'ils ne voulaient absolument pas que l'on continue le reste de leurs jambes. Oui, je confirme, ils n'avaient pas l'air très intelligent avec la trace d'une seule bande de cire sur leur jambe. Mais ils étaient trop douillets pour que nous ayons pu continuer notre séance d'esthétique.

Laissons les hommes de côté et revenons à nos soirées *girly*.

Il y a aussi ces moments où nous décidons subitement de nous maquiller ou encore de nous mettre du vernis à l'aveugle. Alors là, je vous garantis que c'est une session de fous rires surtout lorsque nous découvrons en même temps nos visages devant le miroir. Là aussi, nous perdons toute notre féminité, notre côté glamour et notre côté femme fatale. Nous ressemblons plutôt à « une femme carnage » … Sans parler de l'attirail dispersé ou du moins réparti au sol lors du maquillage…

Pour rien au monde j'échangerai ces soirées-là. Qu'est-ce que je les aime ! Ces moments sans prise de tête où nous prenons soin de nous tout en grignotant et papotant de tout et de rien. Ces moments où nous nous sentons tellement libres et tranquilles.

Nous en ressortons toujours avec le sourire et une joie de vivre encore plus grande qu'en début de soirée.

J'aime les soirées en petit comité mais également les soirées où nous dansons et chantons à tue-tête sans avoir peur du jugement des autres. Vous connaissez ce genre de soirées où nous nous mettons sur notre 31, où nous faisons notre meilleur maquillage, où nous sortons nos plus beaux talons... Des talons que nous allons rapidement enlever pour laisser place aux baskets, pour ne pas avoir mal aux pieds, mais ce n'est qu'un détail...

Pourtant, il est vrai que nous ne sommes pas toujours très bien apprêtées surtout lorsque l'on nous a préparé une surprise ! N'est-ce pas les filles ? Oui, je m'en souviens encore et je m'en souviendrai toute ma vie.

Je venais d'avoir vingt ans et je devais aller au restaurant avec mes copines qui sont maintenant devenues ma deuxième famille. Jusque-là tout semblait normal. Je me dirigeais vers ma voiture pour rejoindre mes amies au restaurant et là d'un coup, comme dans un film d'action américain, je me suis retrouvée avec les yeux bandés et assise dans une voiture. Je dois avouer que sur le coup, j'ai eu une belle montée de stress mais cela ne fût que de courte durée. Merci les filles avec vos rires de phacochères ! J'ai rapidement compris que ce n'était pas un enlèvement mais une petite blague, de mauvais goût, des filles.

Je les ai questionnées tout le long de la route pour savoir ce que je faisais avec un bandeau sur la tête mais en guise de réponse j'avais des rires ou des « Tais-toi, profite et garde le masque ! » et « Arrête de poser des questions ! ». Comment vous dire que me taire, oui je l'ai fait, garder le masque aussi car je me doutais de quelque chose mais profiter… Comment vous expliquer cela sans vexer personne ? Vous avez déjà été à l'arrière d'une voiture les yeux bandés ? Bon peut-être. Mais avez-vous déjà été à l'arrière d'une voiture les yeux bandés avec une conductrice qui ne sait pas conduire ?! Excuse-moi Carole mais pendant ce trajet je n'ai pas tellement profité, enfin, si, lorsque nous étions enfin aux feux rouges je pouvais souffler et profiter de la pause de courte durée.

Bref, la route a été un peu chaotique. Une fois arrivée sur place, bizarrement, plus aucun bruit. J'ai encore une fois un petit peu stressé. Il a fallu que je marche accrochée au bras de Carole pendant quelques mètres durant lesquels je ne faisais que de demander s'il y avait des obstacles. Même sans obstacle, j'ai tout de même réussi à trébucher deux ou trois fois. Ceux qui me connaissent vont sûrement se dire : « Tatiana qui ne trébuche pas ce n'est pas normal ! » et j'ai envie de leur répondre quelque chose mais il est préférable que je me taise !

Je ne vais jamais réussir à vous raconter cette anecdote si je continue à m'éparpiller mais vous avez sûrement dû vous y faire depuis le début de ce livre.

Nous étions un samedi soir, il faisait nuit (oui même avec le bandeau je savais qu'il faisait nuit), il n'y avait pas un bruit et là d'un coup : des lumières multicolores qui traversent le bandeau, des hurlements, des bruits ressemblants étrangement à des pétards, un bandeau qui s'arrache et j'entends…

Eh non, ce n'était pas la police qui arrivait sur une scène d'action catastrophique mais bien moi qui arrivais à mon anniversaire surprise.

Comment vous dire qu'heureusement que je n'étais pas trop maquillée sinon ma version panda aurait pointé le bout de son nez. Oui, je l'admets, j'ai versé ma petite larme. Non, je dois dire la vérité, j'ai pleuré comme une vache qui urine. Pas tellement glamour mais bon…

Je suis le genre de filles qui adore faire et organiser des surprises mais quand la balance se renverse, je me sens clairement mal à l'aise. Je ne sais pas pourquoi. Mais, si je peux vous rassurer, cela ne m'empêche pas d'en profiter, au contraire !

Encore merci les filles pour l'organisation de ce magnifique anniversaire. Par contre je ne vous remercie pas pour le cocktail que vous m'aviez fait.

Je ne sais pas si vos proches sont pareils que les miens mais ils adorent pimenter la soirée. Il faut savoir que je suis la seule de ma bande à ne boire strictement aucune goutte d'alcool, j'ai déjà essayé mais ce n'est pas pour moi. Ils ont eu la magnifique idée de me préparer un somptueux cocktail rempli de différents liquides plus ou moins buvables. Je ne vous fais pas de dessin, ils m'ont forcé à boire un cocktail immonde en fin de soirée. Beurk, rien que d'y penser j'en ai la nausée. Et davantage qu'en voiture avec Carole au volant je vous assure !

C'était une soirée inoubliable qui s'est terminée en karaoké. Je vous promets qu'il ne faut absolument pas être à côté de nous quand nous chantons. N'est-ce pas Patrice ?

Quand j'écoute de la musique, je suis souvent à fond. Parfois, j'en oublie même que je suis dans les transports en commun avec mes écouteurs. Mais alors quand je suis à un concert je ne vous laisse même pas imaginer.

Pour tout vous raconter, j'ai eu la merveilleuse idée d'aller à un concert avec Patrice, Jade et son compagnon. Est-ce que vous voyez deux minutes où je veux en venir ? Non ?

Alors, fermez les yeux et imaginez. C'est une façon de parler ! Si vous fermez les yeux, vous n'allez pas pouvoir lire la suite et ce n'est pas très judicieux.

Imaginez deux meilleures amies ensemble. Imaginez maintenant deux meilleures amies ensemble à un concert. Imaginez deux meilleures amies ensemble à un concert de leur idole de jeunesse.

C'est bon ? Vous voyez un peu la scène ? Alors, maintenant, ajoutez les deux conjoints. Et oui, là cela coince un peu…

Cela coinçait dans tous les sens du terme : il y a tout de même deux mondes entre nous et nos conjoints qui sont un peu trop coincés en concert.

Non mais vraiment, la fosse c'est l'endroit où nous nous défoulons, où nous crions, où nous chantons, où nous dansons, où nous vivons… Mais avec nos conjoints c'est plus compliqué.

Avec Jade, nous faisons toujours les quatre cents coups pour finir l'une à côté de l'autre lors d'un spectacle ou encore pour aller dans la fosse ensemble. Vous voulez quelques idées ou exemples de situations ? Sachez une chose, c'est que si vous avez répondu « non » vous me connaissez assez maintenant, vous allez les avoir !

Alors : comment finir dans la fosse ou changer de place lors d'un concert ?

- S'asseoir à une place et faire comme si on s'était trompés de place.
- S'asseoir à une autre place et faire comme si l'ouvreuse nous avait mal placés.
- Se mettre debout dès le début en chantant à tue-tête des chansons de façon à enquiquiner les personnes derrière nous qui vont finir par se plaindre et demander à ce qu'on

change de place. Parfois cela échoue car ce sont ces personnes qui changent de place.
- Faire une pancarte de *fan club*, se faire repérer par notre idole et en profiter pour nous déplacer dans la salle.
- Dire que l'on va chercher notre enfant dans la fosse.

Ce que nous adorons par-dessus tout lors des concerts c'est le fait de se faire repérer par l'artiste. Nous crions comme des gamines, nous sautons à en avoir des crampes le lendemain, nous faisons des affiches plus enfantines les unes des autres, nous crions « Chouchou ! » ou « Je t'aime ! » …

J'avoue que c'est tout de suite moins *fun* de se faire repérer lors d'un *one man show* par exemple. Admettez qu'être invité à monter sur scène en plein spectacle sans savoir ce qui nous attend c'est moins « waouh » quoi… Souvent lorsque je me fais repérer (on remerciera chaleureusement mon rire de pintade), je désigne mon voisin ou ma voisine. Oui, c'est tout de suite plus marrant pour moi, un peu moins pour la personne à côté mais ce n'est pas grave.

Non, je ne suis pas égoïste, j'aime juste partager : moi j'attire l'attention, le voisin par mon intervention attire l'artiste qui le fait monter sur scène ou encore le prend pour cible tout le long du spectacle. Je vous assure : fous rires assurés.

En parlant d'attirer l'attention et de fous rires il faut que je vous raconte un moment qui s'est déroulé lorsque j'étais plus jeune au restaurant. Nous étions de sortie entre copines, nous étions toutes en couple sauf une. Nous ne voulions pas la laisser seule et triste. Ça c'est ce qu'on voulait, pas forcément elle mais ce n'est qu'un petit détail. Je vais également vous laisser deviner la suite. Si je vous dis : restaurant et célibat ?

Un autre indice ? Ticket de caisse. Toujours pas ? Stylo. Encore un indice ? Vous abusez un petit peu là ! Autant vous le dire : nous avons annoté le ticket de caisse de notre table avec le numéro de téléphone de notre copine !

Vous allez vous demander ce qu'il y a de drôle ? Tout simplement le fait qu'elle a reçu un message d'un bel inconnu. Oui, c'est assez atypique comme approche. Vous voulez savoir la suite ? Ils ont continué à se parler très fréquemment et ont décidé de se voir sur leur lieu de rencontre. Est-ce que vous voyez la chute arriver ?

Elle était tellement contente d'aller au rendez-vous qu'elle s'est préparée en se faisant la plus belle du monde entier. Une fois sur place, elle a vu le serveur qui lui avait tapé dans l'œil, elle lui a souri puis elle a entendu une voix masculine l'appeler, elle s'est retournée et a vu un tout autre serveur assis à une table et qui l'attendait.

Vous avez compris... Ce n'était pas le bon serveur avec lequel elle échangeait depuis une semaine ! Il n'avait pas du tout le même genre ! Vous n'allez pas savoir la suite car c'est trop personnel mais sachez que nous avons bien rigolé. Bizarrement, nous ne sommes plus jamais retournées dans ce restaurant…

Ah les sorties entre copines ! À chaque sortie : une anecdote, un fou rire incontrôlable, un souvenir…

Je me souviendrai toujours de mon enterrement de vie de jeune fille. Il était prévu que l'on parte à cinq en voiture mais je n'avais aucune idée de ce qui allait m'arriver. Elles avaient simplement préparé une petite liste de choses à emmener sans lien les unes avec les autres.

Nous voilà parties pour quatre heures de route à chanter à tue-tête, à rigoler comme des oies, à prendre des photos et des vidéos, à jouer à des jeux sur la route, à grignoter… En résumé, à profiter !

Une fois sur place, j'ai directement compris que j'allais passer trois jours de folie avec mes amies. Elles avaient loué une maison du tonnerre avec piscine, *jacuzzi*, grand jardin, barbecue… Tout ce que j'aime !

Trois jours de folie ou du moins trois jours remplis de défis tous aussi fous les uns que les autres. Le plus amusant dans tout cela c'est que c'était normalement à moi de réaliser des défis mais les filles avaient également prévu le fait que je fasse réaliser des défis à des inconnus. Si je le faisais, cela me rapportait des points pour la surprise finale.

Comme maintenant vous commencez à bien me connaître, vous vous doutez bien que je n'ai pas hésité trente secondes avant de commencer les défis ! Entre faire danser un couple de personnes âgées, échanger ma tenue avec une personne dans la rue, signer douze autographes sur les bras de douze volontaires (ou pas), faire manger des aliments à l'aveugle… Je vais arrêter de vous lister les petits défis qu'elles m'avaient lancés car sinon je plains vos proches à qui vous allez faire vivre la même horreur !

Vous n'allez jamais deviner ce qu'était la surprise finale qu'elles avaient prévue de me faire faire. Non jamais vous ne pourrez le deviner ! Jamais vous n'auriez pu faire cela à votre amie. Je ne sais même pas si je vais vous le dire. Ne pensez pas que je vais encore vous faire une blague après avoir fait un petit peu durer le *suspense…*

Elles m'ont emmené dans un parc d'attraction faire un grand huit ! Comment vous dire que j'ai horreur de cela ! Horreur de cette sensation que tout ton corps te lâche et que ton ventre et ses organes se retournent…

Oui vous l'avez compris, je ne suis pas une grande *fan* des manèges à sensations fortes ! Mais si seulement ce n'était que ça, si seulement il n'y avait que l'attraction et rien d'autre… Et non, c'est mal les connaître ! J'avais un ultime défi à réaliser : me maquiller pendant l'attraction et si mon maquillage n'était pas terminé je devais refaire l'attraction ! Autant vous dire que je ne me suis jamais maquillée aussi vite que ce jour-là. Je ne ressemblais peut-être pas à une bombe atomique mais j'ai réalisé ce défi en criant, pleurant, me retenant de vomir et surtout en me maquillant. Je vous laisse imaginer le résultat... Heureusement que je ne me mariais pas ce jour-là !

Pour rien au monde j'échangerai mes folles amitiés. Elles sont toujours d'un soutien infaillible dans toutes les circonstances. C'est cela pour moi l'amitié : complicité, confiance, soutien, solidarité, attention, partage...

Lorsque j'étais petite et que mes parents me demandaient de partager mes jouets, c'était souvent un crève-cœur, j'avais l'impression que l'on m'arrachait une partie de moi. Je vous rassure de suite, depuis j'ai évolué ! Heureusement n'est-ce pas ?

Cela me rappelle des souvenirs d'enfance avec mes copains et copines ! Surtout mes premières soirées pyjama où j'allais « dormir » chez une copine. Oui, j'ai mis le mot dormir entre guillemets car nous ne voulions pas forcément dormir et nous utilisions tous les stratagèmes possibles et imaginables pour ne pas nous coucher.

Nous nous écrivions des mots sur des petits papiers que l'on s'envoyait. Par moments, nous partions en fous rires et nous faisions semblant de dormir quand nos parents ouvraient la porte en espérant fortement qu'ils croient que c'était le chat qui faisait du bruit.

Ah les animaux, les enfants sont bien contents de leur faire porter le chapeau pour certaines de leurs bêtises. Mais, nous ne sommes pas si naïfs qu'ils ne le pensent ! Nous avons été jeunes nous aussi.

Il est vrai que les animaux nous font également tourner en bourrique comme nos petits asticots. Je vais vite clôturer ce chapitre ici avant de trop vous en dévoiler.

Je vous laisse me retrouver au prochain chapitre parlant de …

4 – Les animaux

Bien joué, vous avez trouvé : je vais vous parler d'animaux !

La lecture de ce chapitre sera gratuite mais une partie de ce dernier comprendra des activités payantes. Attention, ceci n'est pas un partenariat et je ne vends pas directement de tickets d'entrée. Blague à part, commençons la lecture de ce chapitre sur la thématique des animaux.

En tant que bénévole d'une association pour la protection animale permettant de sauver les chats des rues, je ne me voyais pas laisser de côté un chapitre abordant cette superbe cause qui me tient particulièrement à cœur.

J'ai commencé dans cette association en étant famille d'accueil pour chats. Mais qu'est-ce que cela peut bien être ? Et oui, je suis divine, j'ai réussi à lire dans votre cerveau en l'espace d'une microseconde. Laissez-moi y répondre.

Il s'agit d'accueillir au sein de son domicile un animal en souffrance sorti de la rue. C'est une expérience riche en émotions car l'animal ou les animaux évoluent, parfois très rapidement, devant nos yeux ébahis. Nous les aidons quelquefois à se sociabiliser afin de les proposer à l'adoption. Ainsi, en les ou l'intégrant à une famille qui les aimera autant que leurs enfants, nous leur sauverons la vie !

Non, je vous assure que je n'en fais pas trop. Avoir un animal c'est le considérer comme une partie de la famille, c'est lui donner beaucoup d'amour mais en recevoir encore plus en retour. C'est aussi se soucier de lui lorsqu'il va mal, partager des moments inoubliables ensemble et tant d'autres belles choses.

À travers ce chapitre, vous allez pouvoir voir l'amour que j'ai pour les animaux.

Revenons au fait d'être famille d'accueil ! Nous n'avons qu'une mission, qui est assez simple je dois l'admettre, c'est de leur apporter de l'amour. C'est pourtant douloureux de voir partir l'animal dans une autre famille mais nous savons que c'est pour son bien et son épanouissement futur. C'est une expérience que nous pouvons renouveler un nombre de fois illimité. Si cela vous intéresse, n'hésitez pas à vous rapprocher des associations autour de chez vous.

Le fait d'être bénévole apporte un sentiment de réelle utilité qui est très valorisant. Nous apprenons tellement de choses. Cela demande, certes, beaucoup de temps mais nous nous sentons tellement efficaces lorsque nous constatons les sauvetages effectués. Il y a des situations très difficiles notamment lors de cas de maltraitance. Cependant il faut agir et nous dire que grâce à notre belle action, cette situation ne se reproduira plus. Il faut avoir les nerfs solides même s'il s'agit d'une expérience tellement gratifiante.

J'ai toujours aimé aider les autres et en particulier les animaux. J'ai eu la chance de sauver plusieurs animaux. Quand j'étais plus jeune, j'adorais écouter les oiseaux au fond de mon jardin et chercher leur nid. Un jour, j'ai trouvé un oiseau blessé et seul. J'ai donc pris la décision de le mettre en sécurité en m'occupant convenablement de lui.

Je vais vous partager les étapes d'un sauvetage réussi d'un oiseau. Cela peut s'appliquer à la plupart des animaux à quelques détails près. La première étape est de l'observer pour veiller à ce qu'il n'y ait pas sa famille autour, par exemple, pour éviter de l'isoler. La seconde étape est de le capturer sans précipitation en le plaçant dans un carton percé et en le couvrant d'un tissu pour le mettre dans l'obscurité. Pourquoi l'obscurité ? Parce que cela a tendance à apaiser un animal et donc à faire en sorte qu'il se calme. Il est préférable de ne pas nourrir ou donner à boire à l'oiseau car si l'intervention nécessite de gros soins et qu'il doit être anesthésié, il faut qu'il soit à jeun. Et voilà, sauvetage réussi ! Bravo !

J'ai une autre petite anecdote à vous partager. Quand j'étais plus jeune, avec ma maman, nous avons entendu des miaulements provenant d'un arbre. Nous avons regardé dans l'arbre et nous avons aperçu un chaton. Nous étions très contentes de lui porter secours. Nous l'avons aidé à descendre par divers moyens tous aussi farfelus les uns que les autres puis nous avons commencé à prendre soin de lui. Au moment où nous commencions à le sociabiliser, nous avons entendu notre voisine qui appelait un animal. Nous avons rapidement compris que c'était son chat. Voilà une histoire qui finit bien !

Si vous souhaitez aider des associations proches de chez vous, j'ai un conseil qui risque d'en fâcher plus d'un mais je préfère être franche et vous le donner : stérilisez et castrez vos animaux ! Pourquoi ? Cela évite la naissance de bébés, les maladies contagieuses, les problèmes de santé et surtout qu'ils soient malmenés. De la même manière, si vous voyez un bébé seul, n'agissez pas dans la précipitation. Vérifiez préalablement qu'il n'y ait pas la maman autour. Attention, nous ne vérifions pas cela en cinq minutes mais en plusieurs fois pour être sûr et certain qu'il n'appartient à personne. S'il est seul, vous pouvez alors vous en occuper mais il vous faudra le biberonner jour et nuit toutes les deux heures au début. Il faut aussi se préparer au fait qu'il a malheureusement peu de chance de survivre…

Vous pouvez également aider les associations en faisant des dons qu'ils soient alimentaires ou financiers ou en proposant votre aide (même ponctuelle) pour participer aux diverses actions menées.

Lors d'un voyage en famille, j'ai eu la chance de rentrer dans un sanctuaire éco responsable qui contribue à la lutte contre le braconnage et la maltraitance. Ils y soignent les animaux sauvages ayant eu un parcours de vie chaotique pour les réintégrer dans la nature après. J'ai eu l'honneur et le privilège de pouvoir caresser un guépard ! Je dois vous avouer que sur le moment, je ne faisais pas forcément la maligne. C'était impressionnant ! J'ai également caressé des perroquets mais c'est moins époustouflant qu'un guépard, je le conçois.

Pour rester dans les anecdotes touristiques, quand j'étais plus jeune, je suis montée à dos de chameau. Je peux vous dire qu'il ne faut absolument pas avoir le mal des transports. Nous avons même l'impression d'être dans des montagnes russes. C'est une expérience décoiffante ! J'ai un petit conseil pour ceux et celles qui s'apprêtent à monter à dos de chameau ou de dromadaire. Quand vous vous asseyez, penchez-vous en avant et quand il se lève, penchez-vous en arrière les mollets serrés. Sinon c'est la chute en avant la tête la première et c'est nettement moins drôle. Non, cela ne m'est jamais arrivé…

D'ailleurs, savez-vous que la bosse du dromadaire est une réserve de vitamine graisseuse ? Oh, qu'est-ce que j'adore vous partager des « savez-vous ». J'ai l'impression de vous apprendre des choses et en pleine préparation du concours, cela me donne envie, encore plus envie, de devenir maîtresse.

Revenons à nos balades, j'ai également fait des balades à dos de cheval. Enfin, « balade » c'est un bien grand mot, quand le canasson n'a pas envie d'avancer mais préfère brouter l'herbe ce qui transforme une balade en une vue en hauteur.

Je ne suis tout de même pas une très grande *fan* des balades à dos d'animaux. Cela semble souvent être génial mais dans une grande majorité des cas, ce sont des animaux maltraités et peu considérés notamment en étant déshydratés, en portant des charges trop lourdes, en sous nutrition ou manquant de soins…

J'ai fait de nombreuses sorties où nous pouvons voir des animaux. Des sorties de différentes durées mais toutes sensationnelles… Je crois que la plus longue sortie que j'ai faite a eu lieu en mer à la découverte des dauphins et des oiseaux marins. C'était vraiment long et cela nous a demandé beaucoup de patience. Je me rappelle également de la météo qui était loin d'être irréprochable ! Mais le résultat était tellement magique. Nous avons pu voir les dauphins nager à côté de nous ainsi qu'une multitude d'oiseaux avec de si beaux plumages. Nous avons même eu la chance d'apercevoir des otaries.

Une autre expérience que je n'oublierai jamais s'est déroulée en Afrique du sud. Nous avons dormi dans des lodges face à des animaux sauvages. Oui, vous avez bien lu ! J'ai eu la chance de vivre cette aventure unique. Je dois avouer qu'à certains moments, je ne faisais pas la maligne… Surtout lorsque nous rentrions pour nous coucher. Pour ma défense, dans le noir, nous ne voyions rien mis à part des yeux qui nous fixaient et les branches qui craquaient sous leurs pas… Il m'a fallu de longues minutes pour comprendre qu'il s'agissait d'animaux. J'ai littéralement fait marche arrière enfin course arrière en fondant en larmes tellement j'étais morte de peur ! Allez-y, moquez-vous, vous avez le droit, je vous y autorise cette fois.

C'était un voyage sensationnel pour lequel je ne remercierai jamais assez mes parents ! Nous avons également eu le privilège de faire des safaris en *Jeep* et de voir une multitude d'animaux dans leur environnement naturel. Nous avons même vu une famille d'éléphants traverser juste derrière nous ! C'était tellement impressionnant.

Paradoxalement, j'étais plus confiante dans la nature que lorsque j'ai fait des safaris dans des espaces clos. Vous connaissez ces moments où vous vous décomposez lorsque l'animal s'approche de la voiture. La peur de se faire crever les pneus, d'être chargé, d'être renversé ou de tomber en panne en plein milieu d'un enclos dans lequel il faut absolument rouler les fenêtres fermées car risque de danger… Une fois, j'ai eu vraiment peur lorsque j'ai vu une autruche s'approcher de la voiture et qui a commencé à passer sa tête à travers ma fenêtre entrouverte. Je ne sais pas pourquoi mais prise de panique, je n'avais pas pensé à fermer la fenêtre en la voyant arriver… Résultat, j'ai hurlé de panique et toute ma famille était morte de rire, il y a même eu une petite vidéo à l'appui pour mon plus grand bonheur. C'est ironique bien sûr !

Pour finir avec les anecdotes sur ce voyage de folie, les animaux nous ont tout de même fait quelques farces ! Nous sommes rentrés un soir et il n'y avait plus d'eau dans nos lodges. Vous souhaitez savoir la raison ? Un indice : cet animal qui avait mangé les canalisations ne trompe pas… Excusez-moi pour ce jeu de mot très nul, je tiens cela de mon père. Malheureusement, mon frère s'essaie à ce genre d'humour !

Reprenons un peu notre sérieux. Nous avons également eu des singes qui venaient tenter de partager le repas avec nous en toute convivialité, ou pas… Et sans oublier les animaux se trouvant sur les bords des routes, voire même sur les routes ! Des moments particuliers durant lesquels nous n'étions pas forcément très rassurés de croiser des chèvres, des vaches ou des singes…

J'adore tellement les activités avec des animaux que je pourrais y passer beaucoup de temps. Les animaux nous permettent de vivre des situations magiques. Ce qui me fait le plus craquer, c'est lorsque je vais voir les bébés à la nurserie ou lorsque les animaux font leur toilette. Ils sont tellement craquants avec leurs petites pattes toutes mignonnes. Oh… Je fonds d'amour !

Il y a des activités que j'aimerai tellement partager avec des animaux comme le fait de voler en ULM avec des oies sauvages, de glisser sur la neige avec les chiens de traîneaux, faire de la plongée sous-marine parmi les espèces marines.

J'ai eu l'occasion de faire de la plongée mais juste avec un masque, un tuba et des palmes. Je remontais souvent la tête hors de l'eau, parce que, je ne sais pas pour quelles raisons mais j'avais toujours de l'eau qui s'infiltrait soit dans le masque ou soit dans le tuba… J'ai quand même vu de beaux poissons et j'ai même eu le privilège de me faire pipi dessus après avoir croisé une petite méduse…

J'adore aussi les balades en forêt, surtout lorsqu'il s'agit de chercher des traces. Oui, j'ai découvert cela récemment quand j'ai dû faire mon dossier de concours sur les traces d'animaux dans le milieu forestier. Je ne vais pas vous le détailler ici car je vais rapidement vous perdre.

Allez, je vous fais tout de même un petit résumé sur la notion de traces d'animaux. Premièrement, cela vous informe et deuxièmement cela m'entraîne pour mon oral. Oui, je sais, je ne suis pas à l'oral là mais vous avez compris ce que je voulais dire n'est-ce pas ? Le premier élément que nous pouvons trouver en forêt sont les traces de pas. Il existe trois types de pieds : les pieds à ongles comme le cerf, le chevreuil ou le sanglier, les pieds à pelotes comme le renard ou l'écureuil et les pieds à doigts comme les oiseaux. Le deuxième indice correspond aux crottes. Je vous avoue que dans ce livre je n'ai pas forcément envie de développer cette partie. Si vous voulez en savoir plus, n'hésitez pas à me demander mon dossier ! Le troisième élément de présence d'animaux sont les traces dans ou sur le sol. Oui assez classiques mais tellement indicateurs. Nous pouvons remarquer des endroits où cela a été gratté, des endroits où cela a été creusé, des galeries d'insectes, des restes d'animaux… Il y a aussi les traces que nous pouvons trouver dans l'environnement comme les traces dans ou sur les arbres ainsi que les trous dans les feuilles.

En forêt, ou même ailleurs, nous remarquons souvent la présence de fourmilières. Attention de ne pas y mettre les pieds sinon l'expression « avoir des fourmis dans les jambes » prend tout son sens et cela ne s'arrête pas qu'aux jambes malheureusement…

Mes grands-parents ont une maison en pleine campagne. Petite, j'adorais aller à la ferme d'à côté ou écouter les anecdotes de ma famille. J'en ai quelques-unes à vous partager.

La première m'a beaucoup marquée (même physiquement). J'ai toujours plus ou moins rêvé de faire un tour de tracteur. Un jour, je suis montée sur le tracteur du voisin de mes grands-parents et nous avons moissonné le champ d'en face. Jusque-là, tout allait bien. Je ne sais plus exactement dans quelles circonstances cela s'est passé mais mon arcade a embrassé une sorte d'hélice du tracteur. Je suis sortie du tracteur le visage tâché de sang. Par chance je n'ai pas eu de point de suture. Oui, vous n'avez pas besoin de me rappeler que depuis petite je suis assez maladroite. Je le sais déjà…

Un deuxième souvenir anecdotique qui me revient : quand j'allais assister à la traite des vaches avec mon frère, mon cousin et mes cousines. Nous adorions la traite mais ce que nous préférions, enfin je pense que c'est ce qu'ils préféraient également, c'était d'aller observer les veaux qui venaient de naître. Une fois, nous avons eu la chance, si on peut dire cela comme ça, de goûter du lait de vache directement après la traite. Comment vous dire que la prochaine fois je passe mon tour volontiers, il n'y aura même pas besoin d'insister !

Une troisième anecdote ayant marqué ma jeunesse correspond au moment où j'ai aidé une famille à déplacer les vaches d'un champ à l'autre. Oui, vous me voyez bien, moi, Tatiana, avec les bottes de mon grand-père et un bâton à la main pour tenter de diriger les vaches. Enfin ce n'était pas vraiment moi qui les dirigeais mais plutôt les chiens et les fermiers mais disons que j'ai tout de même aidé à ma manière en esquivant les bouses de vaches. Beau travail n'est-ce pas ?

Une dernière anecdote mais qui cette fois-ci ne me concerne pas vraiment mais qui me fait rire à chaque fois que nous en parlons. C'est le jour où ma maman s'est fait pincer les fesses par un coq alors qu'elle faisait pipi dehors. Je sais que vous ne connaissez pas ma maman mais moi je l'imagine bien se faire courser par un coq chez mon oncle. Rien que d'y penser de nouveau et de l'écrire je suis morte de rire !

En parlant d'anecdotes à la ferme, je vais vous embêter avec une petite question que vous vous êtes sûrement déjà posée. Ou peut-être que quelqu'un vous l'a déjà posée : qui est venu en premier entre l'œuf et la poule ? Pardon mais cela me fait rire et me questionne toujours ! Si quelqu'un a une réponse scientifique à m'apporter, n'hésitez surtout pas, je me coucherai moins bête (sans mauvais jeu de mots).

Il y a une chose que j'aimerai bien faire, donc les membres de ma famille ou mes amis si vous passez par là c'est une idée cadeau gratuite, je rigole bien sûr. Ce serait de passer une journée avec un soigneur. Je ne sais pas pourquoi mais c'est vraiment quelque chose qui m'intéresse et me tente terriblement. Pouvoir nourrir les animaux, nettoyer leurs enclos, observer les soigneurs et les animaux, jouer avec les animaux et surtout partager des moments uniques.

J'aime tellement passer du temps avec mes animaux que j'en ai déjà six. J'aimerai en avoir plus mais c'est un sacré budget et je préfère en avoir « peu » et leur donner les meilleures conditions de vie que d'en avoir beaucoup et qu'ils ne soient pas heureux.

Avoir des animaux c'est aussi devoir les éduquer. Il faut savoir être très patient, cohérent, bienveillant, positif et à l'écoute en étant tout de même assez ferme. Il faut intimer des ordres et des demandes avec constance pour montrer à l'animal que nous sommes le membre dominant du foyer et qu'il doit vous écouter. Si je peux vous rassurer, ce n'est pas non plus facile tous les jours. Loin de là... Savez-vous qu'un chien est capable de reconnaître jusqu'à mille mots ? Du coup je ne comprends pas forcément pourquoi il n'agit pas quand nous lui demandons de revenir au pied...

Les animaux ont besoin d'être occupés et d'être sortis très régulièrement. Eh oui, avoir un chien c'est devoir le sortir plusieurs fois par jour malgré toutes les circonstances ; qu'il pleuve, qu'il neige, que nous soyons en pleine tempête ou encore en pleine canicule, il faut promener et sortir son chien. Il faut tout de même admettre que c'est un moment de partage et par la même occasion un moyen de se dépenser.

En continuant sur l'aspect « contraintes » d'avoir un animal de compagnie, il y a aussi les visites chez le vétérinaire. Oui, avoir un animal a un coût surtout lorsque ce dernier a malheureusement quelques soucis de santé...

Mettre un chat en cage pour aller chez le vétérinaire ce n'est pas une mince affaire, loin de là !

La première étape est déjà de chercher l'animal qui a bizarrement senti que le rendez-vous chez le vétérinaire approche. Sachez qu'un chat se cache dans des endroits improbables et pas forcément accessibles par nous. En effet, sinon ce n'est pas marrant. Il peut se cacher dans une armoire, dans un tiroir, sous un meuble, derrière une planche, dans des vêtements, dans des draps… C'est donc pour cela qu'il faut souvent faire attention où nous nous asseyons, cela serait tout de même dommage d'écraser son chat et d'avoir ses griffes plantées dans les fesses.

Une fois que nous avons l'animal à portée de main, il faut réussir à le mettre dans une caisse de transport et avec mes douces expériences, je peux vous dire que cela est assez intense ! Pour chaque chat mis en cage j'ai une technique différente. Je vais vous en partager quelques-unes qui vous aideront sûrement.

L'une des techniques qui fonctionne dans beaucoup de cas est de l'attirer par de la nourriture. Le principe est simple, il suffit de mettre un peu de pâté ou de nourriture appétente au fond de la caisse pour l'attirer et hop de lui pousser, délicatement, le derrière.

La technique la plus « classique » est de le prendre par la peau du cou. Je vous assure que cela ne lui fait absolument pas mal surtout si vous placez correctement vos mains. Si vous voyez qu'il miaule très fort c'est que ce n'était pas le bon endroit… Donc, vous le prenez par la peau du cou, vous mettez la cage à la verticale et vous le glissez dedans. Oui, cela parait simple comme cela mais lorsqu'il se met à écarter les pattes ou à se recroqueviller cela l'est beaucoup moins.

La dernière technique que je peux vous donner est de l'emmailloter comme un petit saucisson. Ainsi il sera beaucoup plus facile à manipuler et donc à mettre en caisse.

Si votre chat miaule constamment en voiture, j'ai une astuce pour vous : chantez et prenez sur vous ou encore choisissez un vétérinaire à cinq secondes à pied. De ce fait, il n'y aura plus besoin de trajet en voiture ! Une astuce magique n'est-ce pas ?

Avoir un animal, c'est avoir la chance de se forger des souvenirs inoubliables.

J'ai, enfin, nous avons un souvenir original accroché au mur avec chacun de nos animaux, sauf le poisson, mais vous allez rapidement comprendre pourquoi. Nous avons scanné nos mains avec les pattes de chaque animal. Oui, certains vont se dire « Oh je m'attendais à mieux ! » mais je vous assure que le rendu est tellement mignon et unique. Je ne vais pas vous expliquer le temps que nous y avons passé, ni comment cela s'est déroulé mais sachez juste que c'était comique !

Ah les animaux, qu'est-ce qu'ils nous font rire. Je comprends mieux maintenant pourquoi dans les bêtisiers il y a toujours une partie avec des animaux, je devrai d'ailleurs songer à envoyer quelques vidéos notamment de leurs moments de folie le soir.

Nous avons eu un chat qui devenait fou dès lors qu'il voyait une ombre. Il courait après, sursautait, bondissait dessus sans forcément comprendre que parfois il s'agissait de sa propre ombre. Une fois, j'étais dans ma chambre en train de m'attacher les cheveux et il est arrivé comme une furie en bondissant sur le lit pour finalement sauter sur les ombres. J'ai été très surprise au début puis cela m'a fait exploser de rire. Je me suis alors amusée à bouger mes cheveux pour que l'ombre bouge sur le mur, le chat suivait consciencieusement l'ombre jusqu'au moment où il a disparu pour réapparaître la seconde suivante. Notre chat avait sauté dans le vide pour attraper mon ombre… J'ai encore la vidéo de cette scène ! Ce même chat a passé une bonne partie de son temps à essayer, en vain, de s'attraper la queue ! Cela nous a valu bien des fous rires.

Nous avons également eu une version similaire avec notre chien qui je l'admets est assez classique… L'anecdote, pas le chien ! Si je vous dis le mot « eau » à quoi cela vous fait penser ? Non, je ne parle pas ici de la peur de l'eau de certains chiens… Je parle de leurs moments de folie avec les arrosages automatiques ou encore avec les jets d'eau dans le jardin. Vous connaissez ces moments où votre chien se met à sauter partout en essayant d'attraper le jet d'eau.

Figurez-vous que notre chien a trouvé la merveilleuse idée d'attraper le tuyau d'arrosage et de lui faire sa fête. Il nous a littéralement déchiré en plusieurs morceaux ce tuyau. Il était comme un fou après, l'eau sortait de tous les côtés et nous aussi nous étions comme des fous de voir tous les dégâts qu'il avait causé en si peu de temps.

Ah ces chiens… Qu'est-ce que nous ferions sans eux ? Sûrement des meilleures photos ! Nous avons tous au moins une photo qui est « gâchée » par la présence d'un chien dans une situation peu délicate ou sa présence pas spécialement prévue sur la photo. Entre le chien qui fait ses besoins en arrière-plan, celui qui veut et qui a surtout décidé d'être la vedette sur la photo, celui qui joue avec nos vêtements, celui qui a subitement envie de jouer avec toi, celui qui revient trempé et qui s'essore ou du moins se secoue à nos côtés…

Nous nous plaignons souvent que les enfants nous réveillent la nuit mais connaissez-vous un animal qui ne vous dérange jamais la nuit ? Si vous en connaissez, vous avez toute mon admiration ! Pour ma part, j'ai dû dire adieu aux grasses matinées ainsi qu'à quelques objets de décoration qui ont été brisés en pleine nuit me faisant penser à un cambriolage alors que ce n'était qu'un animal dont je tairai le nom qui faisait sa petite vie nocturne… Avant que je n'oublie, ne mettez jamais une cage avec un hamster dans votre chambre la nuit. Je n'ai pas besoin de faire de schéma car sinon on va tourner en rond…

Avec mon mari, nous avons découvert que nous partagions une passion commune avec notre chat : la cuisine ! Non pas car mon chat est autant gourmand que moi mais car un soir, enfin une nuit, il a décidé de se faire cuire un *steak*. Dis comme cela, vous n'allez pas comprendre... Laissez-moi vous expliquer. Nous avons des plaques à induction. Donc qui dit plaques à induction dit plaques tactiles. Notre chat est passé dessus en enclenchant le bip signalant que la plaque s'allume. Quelques secondes plus tard, il a déplacé un verre sur le plan de travail. Nous sommes partis dans un énorme fou rire incontrôlable.

J'ai également pu faire de fabuleuses découvertes au petit matin comme les pots de fleurs creusés engendrant donc de la terre partout dans la maison. Ce n'est pas drôle s'ils creusent seulement, c'est beaucoup plus amusant qu'ils marchent dedans puis faire le tour de la maison.

Il est vrai que les animaux jouent avec tout et rien : un élastique, un stylo, un bâton, un lacet de pantalon... Ils sont tellement agiles qu'ils grimpent partout, oui vraiment partout ! Nous pouvons même les retrouver en train de dormir dans des positions que je ne serai jamais capable de réaliser. La souplesse et moi, nous ne sommes absolument pas amies !

J'ai eu beaucoup d'animaux, que ce soit à la maison ou chez mes parents et il y en a pour qui je ne me ferai pas avoir deux fois. Quand j'étais petite, nous avons acheté un lapin d'une race particulière : « lapin nain tête de lion ». Figurez-vous que la « crinière » il l'avait, mais le nanisme n'y était pas... Qu'est-ce qu'il était grand ! Celui-ci adorait particulièrement grignoter nos vêtements notamment la robe de chambre de ma maman.

Nous avons également eu des poules. Je me rappelle que lorsque je rentrais de l'école, je m'empressais d'aller voir si elles avaient pondu des œufs et en contrepartie j'allais y déposer les épluchures que nous gardions pour les nourrir.

Mes filles, comme chaque enfant je l'imagine, ont voulu faire des élevages à domicile de certains animaux. Le plus classique est la fourmilière. Le problème c'est que nous n'avons pas l'habitat... Elles n'ont rien trouvé de mieux que de leur faire un chemin de petits grains de sucre jusque dans leur chambre... Elles se sont réveillées le matin en criant car leur chambre était devenue une grande fourmilière !

Alicia va m'assommer en voyant que je vous dis cela mais une fois je l'ai retrouvée dans sa chambre en train de se faire un « soin ». Je vous laisse deviner comment sachant que nous sommes toujours dans la thématique des animaux. Un petit indice : ce sont des animaux hermaphrodites... Je pense que beaucoup d'entre vous l'ont deviné. Il s'agissait bien d'un masque à la bave d'escargot avec de vrais escargots ! Je suis entièrement d'accord avec vous sur le fait que c'est quelque chose d'immonde et je pense qu'elle a dû rapidement le comprendre en voyant ma tête se décomposer et devenir blême tout d'un coup.

Un animal est une réelle source d'affection avec ses nombreux câlins baveux et ses réveils en douceur le matin. Enfin tout est relatif car parfois les réveils peuvent être plus ou moins brutaux. Je ne parle pas seulement de l'horaire mais également de la manière de le faire et de le vivre comme les pieds dans leurs gueules ou le bond sur nous en plein sommeil. Je ne suis pas tellement *fan* des chiens qui lèchent le visage de leur maître. Il faut savoir qu'un chien est coprophage c'est-à-dire qu'il mange ses excréments. Ce qui signifie que quand il lèche ses propriétaires ce n'est pas forcément glamour quoi...

Avoir un animal c'est également se faire du souci pour lui ou vivre des situations parfois dramatiques. Nous avons toujours l'appréhension de le voir partir... Je me rappellerai toujours du jour où nous sommes rentrés de vacances et qu'Alicia a crié qu'elle cherchait son poisson rouge. J'ai accouru dans sa chambre à sa recherche mais sans succès. Personne dans l'aquarium ! En fait, il avait bondi hors de son bocal pour finir coller sur le papier peint du mur de la chambre d'Alicia.

J'aime avoir des animaux car dans un premier temps je partage ce plaisir avec mes enfants et ma famille mais également car ils sont une source de joie et ils nous remontent le moral quand ce dernier est au plus bas. Les animaux ressentent tout et nous apportent du soutien sans forcément s'en rendre compte... Une fois, j'ai perdu un chaton dans mes bras en lui donnant le biberon et mon chat est venu dormir contre moi sentant sûrement que je n'allais pas bien.

Ils permettent également de responsabiliser les enfants notamment concernant les tâches quotidiennes d'entretien comme la litière, la nourriture, le brossage… Je ne sais pas vous mais je m'émerveille devant tout ce qu'ils font !

Je dois admettre que nous pouvons vivre des situations délicates. Par exemple, lorsque notre chat nous ramène des animaux morts sur notre paillasson ou encore lorsqu'il nous propose une souris à moitié morte. Nous le voyons entrer dans la maison avec la souris dans la gueule, la poser au sol puis partir tranquillement pour se prélasser ou se nettoyer. Et la petite souris qu'est-ce qu'elle fait ? Elle réunit toutes ses forces restantes et traverse la maison de tous les côtés en tentant de s'enfuir. Nous n'avons qu'une envie c'est de dire à notre chat « Eh oh, fais ton job pépère ! ». J'aime les animaux, certes, mais les souris ce n'est pas tellement ce que je préfère…

Mes animaux sont comme mes enfants, ils ont tous un nom mais je ne les appelle que très rarement par ces derniers… C'est souvent des « mon bébé », « mon amour », « mon petit cœur » … Tout plein de petits surnoms pour un animal alors que nous n'en donnons pas autant à nos proches ! Souvent Patrice me charrie en disant « Oui, tu m'appelles ? ». Et non chéri, désolée mais je ne suis pas toujours en admiration devant toutes tes prouesses.

En parlant de cela, il y a des personnes qui donnent des noms vraiment spéciaux à leurs animaux… En allant chez le vétérinaire, l'assistante vétérinaire a appelé un animal prénommé « Foufoune » afin d'aller en consultation. Cela m'a fait très bizarre d'entendre cette nomination assez spéciale si je puis-dire mais ce qui m'a fait le plus bizarre c'est de voir une dame se lever et se diriger vers l'assistante avec un chat dans sa cage... Je ne sais pas madame, je ne suis personne pour juger, mais le nom que vous avez choisi est assez particulier... Il y en a d'autres des appellations particulières mais celle-ci, elle m'a marquée.

Il m'arrive parfois de me tromper de nom entre mes animaux et mes enfants lorsque je suis hors de moi. Il est vrai que lorsque je dispute Tommy qui me ramène une mauvaise note à son baccalauréat blanc et qu'au lieu de dire Tommy je dis Toly ce n'est pas la meilleure chose... Quelle idée j'avais eu d'avoir appelé notre chien Toly !

En restant dans la thématique du prénom, une fois nous avons invité des amis à manger et un couple avait ramené leur chien. Comme beaucoup de personnes, ils avaient choisi d'appeler leur chien « Max ». Jusque-là rien d'anormal ou de loufoque. Sauf qu'à ce même repas, un invité s'appelait « Max ». Je me retenais d'exploser de rire à chaque fois qu'elle appelait son chien en criant car le monsieur ne faisait que sursauter. Il faut savoir que cet homme était particulièrement introverti. C'était une scène mémorable !

Des scènes incroyables j'en ai également vécues en accompagnant Hélène à l'équitation. Enfin, le mot accompagner est un très grand mot, je pourrai plutôt le remplacer par « assister ». Et oui car toutes les tâches complexes c'est bibi qui les faisait… Heureusement que maintenant elle les fait seule car je n'aurai pas tenu longtemps.

Avez-vous déjà nettoyé les fers d'un cheval ? Je vais reformuler la question : avez-vous déjà nettoyé les fers d'un cheval très rapidement et facilement ? Si votre réponse est oui aux deux questions, j'attends vos conseils !

Pour nettoyer les fers, il faut déjà réussir à attraper et lever sa patte. Autant vous dire que c'est un coup à prendre. Coup dans le sens habituel et non dans le sens douloureux… Enfin, je peux plutôt dire que c'est dans les deux sens. Le nombre de fois où j'ai pris un coup de sabot ! Non mais ce n'est vraiment pas évident. Il faut bien se placer et maintenir correctement la patte pour réussir à nettoyer convenablement son sabot. C'est une opération à répéter quatre fois. Quatre fois plus de complications car si c'est assez simple à gérer pour une patte, cela ne le sera pas forcément pour les autres…

Il faut également préciser qu'ils ne nous aident pas tout le temps, notamment lorsqu'ils s'amusent à retirer leur patte et la reposer dans leurs crottins une fois le sabot presque propre… Allez Tatiana, un peu de patience, il faut tout recommencer ! Réunis tous tes muscles et prends la patte sans avoir peur de te prendre un coup.

Qu'est-ce que cela me fait rire quand je vois Hélène se préparer et se mettre « en bombe » sans mauvais jeu de mot pour aller à l'équitation sachant que je sais pertinemment que lorsqu'elle va revenir elle sera toute décoiffée, la tenue sale et tachée. Et oui, il s'agit d'un sport très salissant... J'ai bien dit sport, oui, même si beaucoup de personnes ne considèrent pas vraiment cela comme un sport.

Je vous assure que quand je vois Hélène mettre la selle sur le cheval, la sangler correctement et monter à cheval c'est déjà du sport. Mais alors quand la monitrice s'amuse et leur demande de monter sans selle ou encore de faire de l'équitation sans les mains c'est vraiment du sport. Je ne pourrai même pas tenir une minute sur le cheval... Tout mon respect, les filles, j'ai déjà mal aux fesses en faisant du vélo alors l'équitation je ne pourrai absolument pas ! Et le pompon c'est lorsque nous n'avons pas forcément le cheval que nous adorons et que nous rêvons d'avoir à chaque séance. Vous connaissez ce cheval qui n'est pas trop agité mais pas trop fainéant non plus... Le cheval parfait quoi !

La monitrice d'Hélène a un tic verbal et dit souvent : « Quand les poules auront des dents ! ». Mais savez-vous que cette expression ne veut absolument pas dire que cela va se passer dans longtemps ? Oui, beaucoup de personnes l'employant se trompent car les poussins ont une dent. Si, je vous assure ! Allez-y, tapez « dent de poussin » sur internet et vous allez avoir la réponse. Elle lui sert à casser sa coquille pour en sortir. Vous allez vous coucher moins bête, bête dans le sens plus intelligent et non dans le sens animal. L'homme descend du singe mais ce n'est pas le débat. Stop, je vous arrête tout de suite, je n'ai pas envie de débattre dessus, j'ai la fin de l'écriture d'un livre qui m'attend. Dit-elle alors qu'elle débat sur des sujets parfois peu pertinents.

En restant dans l'optique de vous apprendre de nouvelles choses, est-ce que vous étiez au courant que les points qui se trouvent sur une coccinelle ne sont pas liés à leur âge mais à leur espèce ? Je l'ai appris il y a peu de temps. Une coccinelle ne vit généralement pas plus de trois ans.

Si je pouvais pratiquer un sport, ce serait un sport avec un animal. J'ai des amies qui pratiquent la cani-rando avec leurs chiens. Je trouve que ce sport est un bon moyen de renforcer les liens qui nous unissent avec notre animal en le faisant se défouler. De plus cela nous maintient en bonne santé et peut aider à guérir une maladie. Il y a deux types de cani-rando : la version rapide c'est-à-dire le canicross où il s'agit d'une randonnée pour les plus sportifs ou sportives d'entre nous car il faut courir. Par moments, il s'agit plutôt du chien qui traîne son maître mais ça, c'est censé rester un secret donc faites comme si vous ne le saviez pas et que vous ne l'avez jamais lu dans ce livre. Il y a pour les plus fainéants d'entre nous ou du moins les moins endurants : la cani-marche.

C'est comme une balade mais en étant également tiré par son chien. Attention, il s'agit d'un sport qui peut durer un certain temps. Il faut également espérer que pendant la sortie, le chien ne soit pas distrait par autre chose sinon cela se transforme en un sport dont je ne connais pas le nom mais où je visualise parfaitement la scène… Vous aussi ?

Les animaux peuvent également être utiles dans un but thérapeutique. De nos jours, les thérapies animales se développent de plus en plus. Il s'agit de thérapies complémentaires non médicamenteuses. Je vais vous en présenter quelques-unes mais je suis certaine que vous en connaissez déjà. Une petite question avant de continuer la lecture : savez-vous avec quels animaux peut-on faire de la thérapie animale ? La réponse est quasiment tous les animaux !

Les personnes qui ont un chat à leur domicile, sachez que vous faites déjà, sans forcément le savoir, une thérapie animale que l'on appelle la ronronthérapie. Les ronronnements des chats nous permettent de diminuer voire même de stopper le stress, les insomnies et les crises d'anxiété. Savez-vous que les ronronnements d'un chat ne signifient pas forcément que le chat est bien et content mais peuvent également signifier qu'il est stressé ? J'ai appris cela dernièrement en allant au vétérinaire où mon chat s'est subitement mis à ronronner en pleine consultation empêchant le vétérinaire d'écouter correctement son cœur.

La canithérapie autrement dit la thérapie avec des chiens entraîne un sentiment de sécurité et de fidélité car oui les chiens sont souvent plus fidèles que les êtres humains. Les chiens nous permettent également de limiter les problèmes cardiaques, de diminuer le cholestérol ainsi que l'hypertension artérielle.

La thérapie avec les chevaux est une thérapie très connue aussi appelée équithérapie qui permet d'augmenter l'estime de soi ainsi que la confiance en soi. Elle favorise également la communication et la concentration.

Je vais en étonner plus d'un mais il existe aussi une thérapie avec des poissons que tout le monde connaît ou du moins a déjà vu. Le fait d'observer les poissons se déplacer dans leur environnement permet de diminuer la tension. N'avez-vous jamais remarqué la présence d'aquariums chez les professionnels de santé ou encore dans des salles de classe ?

Je ne suis pas certaine que dans les salles de classe cela ait un but thérapeutique mais plutôt un but pédagogique... Dans de nombreuses classes, les enseignants ainsi que les élèves voient ainsi évoluer des animaux. Il peut aussi y avoir des animaux domestiques dont il faut s'occuper quotidiennement même pendant les *week-ends* et les vacances, ainsi que des insectes. La plupart des classes ayant des animaux pratiquent des élevages d'insectes.

Le fait d'avoir des animaux en classe permet d'observer le cycle de vie de ces derniers, les différents stades de mue pour certains, les méthodes d'alimentation, les reproductions et également la décomposition de certains. Ce n'est pas très drôle, mais cela fait partie de la vie...

Quand Tommy était en CE2, sa maîtresse avait offert un hamster à la classe. Elle avait demandé aux parents volontaires de le garder pendant les week-ends ainsi que durant les petites vacances. Curieusement, beaucoup de parents s'étaient inscrits mais n'ont tenu qu'un *week-end*. Ils ont dû se rendre compte des responsabilités que cela engendre d'avoir un animal et surtout de prendre soin d'un animal qui n'est pas le sien... Je ne vais pas m'en plaindre car grâce à eux, nous avons eu la chance d'avoir plus souvent le hamster à la maison pour le plus grand bonheur de la maîtresse.

Tommy me racontait que curieusement, en classe lorsqu'il fallait nourrir le hamster, pratiquement tous les élèves levaient la main mais quand il s'agissait de nettoyer la cage il n'y avait plus personne... En même temps je peux les comprendre, ce n'est pas tellement marrant de devoir nettoyer un lieu qui n'est pas le nôtre quand nous ne sommes même pas capables de laver notre propre chambre !

Cette année, les jumelles ont la chance d'avoir dans leur classe un vivarium rempli de phasmes. Les phasmes sont des insectes pratiquant le mimétisme c'est-à-dire qu'ils miment un élément naturel pour se dissimuler de leurs prédateurs. En classe, ils se confondent dans leur environnement et passent souvent inaperçus. Ce n'est pas forcément facile de pouvoir les observer lorsqu'ils sont cachés… Mais, c'est ainsi !

Les phasmes sont des animaux, enfin des insectes, dociles et manipulables qui n'ont pas besoin d'un grand espace. Les adultes vivent longtemps, ce qui permet d'observer les différentes étapes de leur vie. Faire un élevage de phasmes en classe est une activité qui demande de la rigueur car il s'agit d'un travail consciencieux. C'est un acte réfléchi étant donné qu'il est interdit de relâcher certaines espèces d'insectes dans la nature. Nous pouvons encourir des poursuites légales… Cela serait dommage de montrer cet exemple-là aux enfants.

Pour faire un élevage de phasmes, que ce soit en classe ou chez nous, il nous faut un matériel de base à avoir : du sopalin, des bocaux ou des pots pour y mettre des plantes ou encore des végétaux, un vaporisateur d'eau et une boîte avec un couvercle pour isoler les œufs. Il faut bien sûr un vivarium sinon les phasmes peuvent s'échapper à tout moment et pour les chercher je vous souhaite un bon courage.

Le vivarium doit être suffisamment humide, il faut donc le vaporiser tous les deux à trois jours. Ils ont constamment besoin d'avoir accès à l'eau. Lorsque nous voulons les manipuler, il faut faire très attention car ce sont des insectes très fragiles.

J'ai appris, très récemment par mes filles, que la ronce est leur nourriture préférée. C'est parfait n'est-ce pas ? Cela nous permet de débarrasser notre jardin et par la même occasion de nourrir un autre animal. J'ai curieusement envie d'avoir un élevage de phasmes à la maison.

Je ne vais pas vous parler plus longtemps de l'élevage des phasmes je risque d'en perdre plus d'un... De mes lecteurs, voyons, pas des phasmes ! Bien que...

Continuons avec l'aspect pédagogique des animaux. Il y a une chose que j'adore faire, c'est le fait d'accompagner mes enfants dans une ferme pédagogique. Mais qu'est-ce que c'est ? Une ferme pédagogique est une ferme où nous pouvons y voir et apprendre différents savoir-faire comme la tonte, la traite, l'entretien des enclos et plein d'autres choses...

Au sein d'une visite à la ferme, tous les sens sont en éveil. Oui j'ai bien dit : tous les sens. Nous en prenons plein la vue grâce à la multitude d'animaux présents et la beauté de ces derniers. Nous pouvons également goûter différents éléments de la ferme comme des légumes, des produits issus des animaux, des choses que les fermiers cultivent... Notre odorat se développe également pour notre plus grand bonheur, ou pas ! Et oui, l'odeur dans une ferme n'est pas forcément la plus agréable mais cela fait partie de la vie non ?

Lorsque nous nous baladons dans une ferme, plusieurs personnes se plaignent bizarrement d'avoir des maux de tête. Mais nous nous demandons pourquoi avec tous ces bruits d'animaux ? La vache meugle, le cheval hennit, les poules caquettent, les dindes glougloutent, le chien aboie, l'âne brait... Je vais peut-être m'arrêter là. Et non, c'est faux ! Vous ne me connaissez pas encore assez ? Je continue un petit peu. Les chèvres et boucs béguètent ou nous pouvons également dire qu'ils bêlent, le canard cancane, le cochon grogne, le coq coqueline... Il faut admettre que c'est un joli mot pour un coq qui nous réveille à des heures, disons, très matinales.

L'ouïe est donc à l'honneur et l'enrichissement de votre lexique aussi. Les animaux veulent juste tester votre audition. Est-ce qu'un test gratuit ne vous tenterait pas un petit peu ?

Nous y développons également le toucher notamment par le fait de pouvoir caresser et nourrir les animaux ainsi que par les activités proposées par la ferme.

On peut y découvrir la transformation du lait avec la fabrication de la crème, du beurre, des yaourts, du fromage blanc, et encore du lait tout simplement. Car, oui, le lait industriel que nous buvons ne sort pas comme cela des pis de la vache. J'espère tout de même que je ne vous l'apprends pas...

Nous pouvons également y découvrir le parcours du lait, la transformation du blé en farine, la fabrication du pain en passant par la transformation de la farine, et surtout le moment que je préfère : la cuisson dans le four à bois…

Certaines fermes nous permettent même d'assister à la tonte des moutons. C'est assez impressionnant de voir la peau, enfin, la laine du mouton tomber devant nos yeux. Nous voyons un beau mouton recouvert de laine rentrer dans l'enclos, la tondeuse lui passe machinalement dessus et il ressort quasiment nu devant nous. Il n'est pas très pudique dis donc… Blague à part, c'est très intéressant d'observer la tonte d'un mouton même si j'ai toujours peur qu'il soit blessé par les longs mouvements de la tondeuse…

C'est à mon tour d'être pédagogue avec vous. Savez-vous que le cochon est l'animal le plus propre de la ferme ? Sa peau est très sensible, il a donc besoin d'être protégé contre les coups de soleil et les piqûres d'insectes. C'est pour cela qu'il se roule dans la boue. Le fait de se rouler dans la boue l'aide à s'autoréguler. Alors le trouvez-vous toujours sale ou est-il intelligent ? Sachez maintenant qu'il s'agit de l'animal jugé comme le plus intelligent de la ferme !

Continuons et clôturons ce chapitre en abordant les sorties avec des animaux. Je vais être franche et vous dire les choses comme je le pense.

Commençons par le cirque, vous ne pouvez pas savoir à quel point cela me fait mal au cœur de voir des animaux en cage et dans de telles conditions. Mais je dois cependant avouer que cela me fait rire de les voir faire des choses auxquelles je n'aurais jamais pensé. Je ne parle pas ici des animaux sauvages. Pour moi, ces animaux doivent être en liberté et non dans un cirque à faire des tours tous plus dangereux les uns que les autres.

Ce qui me fait particulièrement rire, ce sont les animaux que je caractérise de plus « domestiques » comme les chiens, les chèvres…

Certains animaux ridiculisent même leurs dompteurs et cela a le don de me faire rire. Ils croient sincèrement que les animaux sont bêtes ? Ils se trompent… Promis, cette fois-ci je ne fais pas de jeu de mot ! J'y ai songé mais je me suis subitement rappelée que je l'avais déjà fait plus haut.

Je trouve toujours cela impressionnant de visiter des aquariums… Il est vrai que ce n'est pas leur espace naturel, mais dans certains aquariums ils ont tout de même un très grand espace de vie. C'est tellement agréable de voir des poissons, des animaux marins nager ou chasser autour de nous. Est-ce que vous avez déjà eu la chance de traverser un tunnel où il y avait partout autour de vous des requins ? J'ai beau aimer les animaux, je vous avoue qu'à ce moment-là, je n'étais que peu fière. Je crois que j'ai trop regardé de films ! Ou puis-je dire que je me fais beaucoup de films…

Je ne sais pas pour quelles raisons mais j'ai toujours peur que les requins ou autres animaux catégorisés comme dangereux cassent la vitre et viennent me manger toute crue ! Il va vraisemblablement falloir que je me calme, j'ai tout de même trente-cinq ans, je n'ai pas six ans… Enfin bientôt trente-six ans ! Aïe, léger coup de vieux.

De la même manière que dans les cirques, lors des tours de magie, les animaux me font bien rire. Certains animaux font leur tour comme prévu, détaillé et planifié par le magicien mais d'autres n'en font qu'à leur tête ! Je dois tout de même vous admettre que certains tours de magie m'impressionnent particulièrement. Je n'arrive toujours pas à savoir d'où sort l'animal… J'ai beau essayer de le deviner, je n'y arrive pas ! Je ne suis pas si bête que cela, si ? Il faut juste accepter que certains magiciens sont très doués et qu'ils font de spectaculaires tours de magie.

Terminons sur le sujet des sorties animalières avec les zoos ou les parcs animaliers. Je trouve que ces derniers nous permettent d'en apprendre davantage sur la nature et de sauver des animaux en voie de disparition dans certains zoos. Leurs enclos sont souvent trop petits pour eux… Les animaux en captivité vivent ainsi moins longtemps et sont trop souvent utilisés comme objets récréatifs notamment lors de spectacles.

La dernière fois, j'ai participé à une sortie dans un parc où il y avait des perroquets en liberté. J'ai assisté à un spectacle, ou du moins à une animation, où la soigneuse nourrissait les perroquets. J'y suis allée en étant très méfiante. Lors de cette animation pédagogique, la soigneuse nous a présenté les perroquets, leur milieu de vie, pourquoi ils étaient là… Elle nous a expliqué que si nous souhaitions faire des photos avec un perroquet sur notre épaule ce n'était pas le bon endroit. Pour elle, il s'agit de maltraitance envers les animaux. Et oui, si vous avez déjà fait une photo avec un perroquet sur votre épaule, sachez que l'animal n'était pas le plus heureux à ce moment-là. Mais, ne vous en voulez pas, j'en ai également faite étant jeune. Il faut admettre que cela nous aide à impressionner les autres d'avoir un perroquet perché sur notre épaule. La classe n'est-ce pas ?

Je vais finir ce chapitre en vous apportant une dernière connaissance. Savez-vous que la girafe et son cousin l'okapi sont les seuls mammifères à pouvoir se nettoyer les oreilles avec leur langue ? Et nous, nous ne sommes même pas capables de toucher notre coude avec notre langue… Vous allez vraiment me dire que nous sommes plus intelligents et plus souples que certains animaux ? Je ne crois pas non !

Allez, nous avons terminé avec ce chapitre et sachez que vous avez maintenant dépassé le milieu de ce livre. Certains vont se dire « Oh oui, bientôt la fin ! » et d'autres plutôt « Oh non, c'est déjà presque terminé… ». Je vous invite à me rejoindre au prochain chapitre où je vous parlerai d'anecdotes en famille…

Vous allez peut-être savoir d'où vient mon grain de folie que j'ai transmis à mes enfants…

5 - Les vacances en famille

Avant de commencer ce chapitre, je voudrais dire à toute ma famille, qu'ils lisent ou qu'ils ne lisent pas ce livre, que je les aime du plus profond de mon cœur. La Tatiana aimante est parmi vous ce soir ou ce matin, selon quand vous lisez ce livre. Pour moi la famille, c'est quelque chose de très sacré. Je ne me vois pas passer de longs moments sans nouvelle de l'un d'entre eux. Sachez tous que vous avez une place très importante dans mon cœur même si je ne vous le dis pas assez souvent. Je vous aime !

Nous n'avons pas besoin d'avoir beaucoup d'argent, ni d'être dans des lieux insolites ou atypiques pour se forger de merveilleux souvenirs. Au contraire, je trouve que les meilleurs moments sont ceux qui sont totalement improvisés. Les moments partagés tous ensemble sont des moments uniques et irremplaçables où règnent beaucoup d'amour et où se forgent les souvenirs. Un souvenir est un micro événement qui au début est anodin mais qui finit par rester dans un coin de notre tête tout le long de notre vie. J'aime voyager en famille, car c'est dans ces moments-là que je transmets des valeurs comme le partage, la sensibilité, la différence ainsi que l'égalité à mes enfants. Je suis tellement reconnaissante de les avoir ! Oui je parle bien de mes enfants même si c'est également applicable à mes valeurs.

Au cours de ce chapitre je vais principalement vous parler des voyages en famille. Mais avant de commencer, j'aimerais vous partager quelques rituels que nous avons ensemble. Lorsque les enfants étaient plus petits, je m'amusais à acheter des tenues de famille c'est-à-dire la même tenue pour tout le monde. Je sais que c'est clairement un cliché ou que d'autres personnes peuvent trouver cela débile mais c'est tellement mignon et amusant de nous voir, tous, porter la même tenue. Et puis, si j'ai envie de le faire, je le fais ! De plus, je sais que je ne suis pas la seule. Il y a même une fois où j'ai croisé un monsieur assorti à son chien.

Oh non, je vous vois venir ! Je ne parle pas des ressemblances physiques entre certains propriétaires et leurs animaux, je ne suis pas comme cela ! Mais ils avaient la même tenue. Si, je vous assure, le monsieur avait exactement la même tenue que son chien. Ils avaient tous les deux un haut bleu. Je me rappelle encore exactement de leurs tenues. Le fait de s'habiller de la même manière que son animal de compagnie, ça par contre, ce n'est pas vraiment mon délire... Loin de là ! Déjà, rien que le fait d'enfiler une chaussette à son animal, lorsque ce dernier est blessé, ce n'est pas une mince affaire alors je n'ose même pas imaginer ce que cela peut être d'enfiler une tenue complète à son animal. J'ai beau aimer les animaux, jamais je ne m'habillerai de la même manière que mon animal. Après chacun son truc...

Les voyages sont une de mes passions. Et le fait de les partager avec mes proches, c'est quelque chose d'inimaginable et surtout qui me fait le plus grand bien ! Allier ma famille et les voyages c'est une chose que j'aime particulièrement. Il n'y a pas besoin de partir loin ou longtemps pour passer de bonnes vacances tous ensemble.

Je vous ai déjà précédemment parlé d'un voyage que j'ai fait avec mes parents en Afrique du Sud. Lors de ce voyage nous avons eu plusieurs types de logements et nous avons fait une multitude d'activités toutes différentes les unes des autres. Je pourrais écrire un livre sur ce voyage tellement il y a de choses et d'anecdotes à raconter mais je vous en ai déjà raconté une partie en rapport avec les animaux donc je vais essayer d'être rapide et brève dans ce chapitre.

Ce voyage a commencé de façon atypique... Je me rappelle du premier logement que nous avons eu. Il s'agissait d'un gîte en plein milieu de la nature. Nous étions au plus proche de la nature et donc des insectes. Et oui, j'ai failli partager mon lit avec une araignée... Là, pour le coup, je ne suis pas tellement *fan* de ce genre d'insectes et d'animaux. Loin de là ! Nous avons eu d'autres logements tous aussi anecdotiques que celui-ci.

Une autre fois, nous sommes arrivés et l'hôtel était carrément en travaux. Je vous rassure, nous n'avons ni dormi entre les pinceaux et les gravats, ni dehors mais dans une location que le réceptionniste nous avait finalement trouvé. Un véritable palace dans lequel nous avons pique-niquer…

Vous allez me dire « C'est ça que tu as retenu de ton voyage ? ». Non, ce que j'ai retenu c'est simplement que parfois les moments les plus simples sont parfois les meilleurs…

Lors de ce voyage, les habitants du pays ne parlaient pas notre langue et mes parents ne sont pas les plus bilingues… Je vous laisse imaginer qui a dû parler à de nombreuses reprises pour se faire comprendre par les habitants. C'est moi, Tatiana, avec mon accent de vache espagnole.

Par exemple, dans un des logements, il manquait du savon. Mes parents m'ont alors demandé d'aller à l'accueil… Je suis tellement nulle en anglais que je ne savais pas dire : « Il nous manque du savon. ». Oui, vous pouvez bien constater mon niveau d'anglais. Du coup, la conversation était à base de : « *shower* » et « *water* » accompagnée d'une gestuelle des plus commodes. Imaginez deux secondes, une jeune femme qui mime quelqu'un qui se lave pour faire comprendre qu'il lui manque du savon… J'aurais préféré ne pas avoir à vivre ce moment-là.

C'était très gênant pour une adolescente comme moi. Mes parents peuvent encore me remercier d'avoir eu le privilège de pouvoir se laver avec un savon que leur fille avait quémandé !

Durant ce séjour, nous avons décidé d'aller faire une balade dans une sorte de jungle. Avec ma maman, nous adorons jouer les *stars* et nous prendre en photo. Non, pas forcément des photos les plus classiques, bien au contraire. Des photos toutes originales.

Nous avions eu écho qu'il y avait cette randonnée intéressante à faire mais nous n'avions pas forcément conscience qu'elle allait vite devenir dangereuse. Je vous laisse imaginer la suite…

Non je vais vous le dire ! Nous sommes donc partis faire un *trek* dans la jungle, enfin une promenade qui s'est transformée en *trek* dans un milieu plutôt hostile. Avec ma maman nous voulions nous arrêter à tous les points de vue pour faire des photos. Pour notre défense, les paysages étaient réellement magnifiques. Mon frère et mon père voulaient juste avancer car nous nous étions déjà perdus à plusieurs reprises. Ce n'est pas de ma faute si le chemin était mal balisé. Enfin non, pas vraiment, c'était juste moi qui ne savais pas lire les balises. Oui, je dois bien admettre que je ne suis pas très forte en orientation !

Mon père et mon frère nous ont clairement fait comprendre qu'il fallait que nous avancions rapidement car la nuit commençait à tomber et comme si cela ne suffisait pas nous avons entendu l'orage gronder au loin… Nous avions du mal à retrouver notre chemin, mon frère commençait à paniquer... Je me rappelle encore qu'à ce moment-là, mon père s'était planté une épine dans le crâne... Il m'a directement dit « Ne dis rien à ta mère ! ». En le regardant, j'ai remarqué qu'il saignait... Je vous rassure, l'épine n'a pas touché son cerveau ! Nous avons fini par rentrer de cette balade mouvementée grâce à la lampe torche de nos portables. Un peu trop inconscients car personne ne savait où nous étions...

Lors de ce somptueux voyage, nous avons également participé à des activités insolites. Nous sommes allés dans une sorte de tribu africaine recomposée... Nous nous sommes retrouvés en face d'une « sorcière ». En face d'elle, nous n'étions pas réellement rassurés. Nous y avons même laissé une pièce pour éviter qu'elle nous jette un sort tellement elle faisait peur. Nous savions pourtant qu'elle n'était pas une vraie sorcière car nous l'avons vu remettre sa perruque juste avant que nous rentrions dans son espace mais quand même... Nous n'étions pas forcément très à l'aise, loin de là !

Toujours lors de ce voyage, comme à notre habitude, nous n'avions pas regarder de guides touristiques indiquant les précautions d'usage relatives à ce pays. Pour vous dire la vérité, le dernier jour nous avons décidé de consulter le fameux guide. Il y avait écrit « Attention, lors de balade en rue, risque d'insécurité, d'agressions, de rackets... ». Je comprends mieux pourquoi, une heure plus tôt, dans les rues...

Pour remettre dans son contexte, nous étions en *short* et contents d'aller faire du *shopping* pour notre dernier jour en Afrique du Sud. Je marchais à côté de mon père et ma mère était devant nous. Rapidement, j'ai senti que l'on nous suivait. J'ai dit à mon père « Papa... il y a des garçons qui nous collent depuis tout à l'heure. » Mon papa s'est aperçu que ce n'était pas un de mes délires. Nous avons alors directement dit à ma maman qu'il fallait faire demi-tour tout de suite ! *Now* ! Et non « *no* » !

Un voyage mémorable, rempli d'anecdotes que nous sommes fiers de partager et de raconter mais une préparation du séjour en amont n'aurait pas été inutile !

Je vais vous dire, enfin vous partager le voyage que je rêve de faire. Ce serait de réaliser des *road trips* à travers le monde entier. J'en ai déjà fait des minis minis *road trips* dans des petites villes en France et encore dans trois villes lors d'un *week-end*. J'aimerai partir avec le minimum c'est-à-dire juste un sac à dos comme je l'avais fait en colonie lorsque j'étais plus jeune.

J'aimerai tout organiser moi-même comme au camping sauf que là ce serait en *bivouac* avec quelques soirées et nuits chez l'habitant. J'adore ce genre d'hébergement. En dormant chez l'habitant, nous pouvons découvrir des cultures différentes de la nôtre, rencontrer de nouvelles personnes, partager des moments conviviaux, apprendre d'autres langues en leur apprenant la nôtre et découvrir d'autres modes de vie. Non, dormir chez l'habitant ce n'est pas forcément dormir sur un tapis ou dans des conditions déplorables. J'adore les voyages comme cela.

Je rêve d'en faire mais avec le monde dans lequel nous vivons, cela me donne un peu moins envie… Imaginez que je finisse, enlevée, attachée au-dessus d'un feu de bois avec des personnes qui me font des rituels sataniques… J'en ai des frissons rien que de l'écrire ! Oui, je suis un peu de nature peureuse sur les bords. Un jour je ferai ce voyage ! Il faut toujours croire en ses rêves.

Pour partir en vacances, j'adore prendre l'avion. Mais ce n'est pas du goût de tout le monde. Patrice, lui, n'aime pas du tout prendre l'avion mais il n'a pas le choix lorsqu'il faut partir en vacances avec moi. Je me rappellerai toujours de notre premier voyage en avion. Me concernant, je suis toujours surexcitée lorsque je prends un avion, j'adore cela depuis toute petite ! Patrice beaucoup moins ! Lors de notre premier voyage, nous sommes arrivés à l'aéroport en avance, pour une fois.

Au moment de s'enregistrer, le personnel de l'aéroport nous a demandé nos cartes d'identités et nos billets d'embarquement. Moi, toute fière, j'ai sorti ma carte d'identité et mon billet d'avion, Patrice s'est aperçu que la date d'expiration de sa carte d'identité était dépassée. Il n'avait pas de passeport avec lui, juste son permis. Le personnel de l'enregistrement lui a gentiment dit que ce n'était pas une pièce valide. Le pauvre, il s'est décomposé…

Par chance, sa carte d'identité était en cours de renouvellement et il a pu le prouver et prendre l'avion. Ouf !!

Une fois arrivés aux contrôles de sécurité, comme à mon habitude, lors de mon passage les portiques ont sonné. J'ai encore eu le droit à une fouille corporelle. Les agents vont finir par connaître mon corps par cœur... Je rigole bien sûr ! Patrice, de son côté, a eu le droit à une fouille de son sac ! Sur le coup je n'ai pas tellement compris. Je suis allée le rejoindre et j'ai vu que l'agent sortait de son sac un couteau *Opinel*. Je l'ai regardé et je n'ai pas pu me retenir d'éclater de rire. Il pensait réellement pouvoir prendre l'avion avec un couteau *Opinel*... Par chance, son couteau était de taille règlementaire. Rien que de repenser à sa tête lorsque l'agent a sorti son couteau, j'en rigole encore.

C'est parti, nous sommes dans l'avion direction nos vacances ! En voulant faire des économies sur les billets d'avion, lors de ce vol nous n'étions pas à côté. Patrice était à côté d'une dame âgée et d'un jeune homme très musclé... Je me souviens encore avoir dit à la dame « Mon conjoint a peur de prendre l'avion, il est fort probable qu'il vous attrape la main en plein vol ! ». Elle a alors immédiatement regardé Patrice et m'a regardé de nouveau. Nous avons toutes les deux éclatées de rire en voyant la tête de Patrice complètement décomposée. Comme cela ne suffisait pas, lors de ce vol nous avons eu des turbulences. Personnellement cela ne me fait ni chaud ni froid mais Patrice était dans tous ses états ! Je suis désolée mon amour, mais tu étais tellement, tellement terrifié ! Je m'en souviens encore. Si seulement j'avais pu filmer ce moment-là !

J'adore prendre l'avion mais j'ai toujours peur de le louper. Il faut savoir qu'au quotidien, je suis souvent très en retard mais lorsque je pars en vacances, je suis, de façon assez surprenante, toujours à l'heure ! Je ne sais pas si vous êtes comme moi, mais lorsque quelqu'un est appelé dans les annonces micro, j'ai toujours l'appréhension d'entendre mon nom. Bizarrement, je regarde vite l'heure tout en vérifiant ma carte d'embarquement.

À l'aéroport, j'adore aller acheter mes *chewing-gums* avant de monter dans l'avion (des habitudes de petite mamie). Oui, je fais partie des personnes qui mâchent un *chewing-gum* pour éviter d'avoir mal aux oreilles. Lorsque je n'en ai pas, je fais le mouvement de mastication de façon très accentuée. Oui, le ridicule ne tue pas. Pas encore…

J'en ai des anecdotes à l'aéroport ou dans les avions ! Une fois j'ai confondu mon billet d'avion avec une place de spectacle. Heureusement pour moi, j'avais également mon billet d'avion en version numérique ! Ah les nouvelles technologies, qu'est-ce que cela peut sauver la vie enfin sauver mon séjour ! Un jour, nous avons fait un vol qui durait assez longtemps. J'ai beau vouloir devenir enseignante, un enfant qui pleure pendant tout le trajet ou un enfant qui joue en bougeant et cognant notre siège qu'est-ce que cela a le don de m'énerver ! Tout le long du vol j'ai gardé mon sang-froid tout en lançant des regards noirs à l'enfant turbulent. Je peux vous assurer qu'il a très vite compris mon agacement.

Lors d'un vol qui durait très longtemps, j'ai dû enjamber un voisin qui dormait. Je vous laisse imaginer la suite… Je pense que vous l'avez deviné ! J'ai fini par littéralement chuter sur lui en me prenant les pieds dans la lanière de mon sac. Super cette première rencontre avec un voisin puant la sueur et qui en plus n'était pas du tout à mon goût. Je n'aurais pas pu avoir Brad Pitt comme voisin ce jour-là ? Réaliser un de mes fantasmes ? Pardon, je me stoppe. La prochaine fois, je payerai plus cher mon vol pour être à côté de mon mari. Oui chéri, tu es mon plus beau fantasme !

Dans l'avion, je me divertis comme je peux ! Sur le téléphone, nous n'avons quasiment rien que nous pouvons faire en étant en mode avion. Sachez que, comme la plupart d'entre vous, je connais par cœur le journal de l'avion ainsi que les consignes de sécurité. Du coup, je m'amuse à regarder les têtes des passagers et à imaginer des scénarios.

Vous me direz, en voiture, en car ou en train, c'est comme en avion ! Il faut toujours trouver un moyen de s'occuper ! En voiture, avec les enfants, nous adorons faire des jeux comme chercher un animal qui commence par une lettre, une chanson qui commence par un mot… Nous nous amusons même à être le premier à trouver une voiture jaune ou encore une voiture ayant une plaque où il y a le chiffre sept dessus. Oui, je sais, mais bon, c'était possible lorsqu'ils étaient jeunes !

Pour partir en vacances, il y a nécessairement l'étape des valises. Pour moi, ce n'est pas forcément une partie de plaisir. Quand je prépare la mienne tout va bien, je prends plaisir à la faire. Mais lorsque je dois préparer la valise de chacun de mes enfants et accessoirement celle de mon mari, c'est nettement moins plaisant. Je ne sais pas si vous êtes comme moi mais je vérifie toujours un milliard de fois mon sac et ma valise. J'ai toujours l'angoisse d'oublier quelque chose d'important comme les culottes ou la brosse à dents. Vous allez encore avoir l'occasion de vous moquer de moi, mais cela m'est déjà arrivé… Heureusement pour moi, le voyage ne durait que quelques jours. Pour vous rassurer, j'ai tout de même changé ma culotte tous les jours ! Oui, tous les soirs je prenais mon meilleur savon, je me retroussais les manches et je lavais ma culotte.

Bref, revenons à la préparation des valises… Encore une fois je m'éparpille ! Il faut aussi toujours penser à vérifier la taille et le poids de la valise… Si je m'écoutais, je prendrais toute mon armoire ! Il faut toujours penser à tout, pour tout le monde, tout le temps ! Lorsque je fais les valises, je les préviens tout de suite qu'il ne faut absolument pas, mais absolument pas qu'ils râlent s'ils n'ont pas la tenue qu'ils voulaient. Souvent, j'essaie de trouver des tenues assorties à tout le monde… J'adore avoir des photos de famille où nous sommes tous habillés quasiment de la même manière. Oui, c'est encore cliché, je l'admets !

J'ai toujours tendance à trop remplir la valise, je me demande toujours « Est-ce que c'est suffisant ?». À l'aéroport, il m'est même arrivé de devoir enlever des tenues de la valise (qui était trop lourde) pour me les mettre sur moi. Vous n'imaginez même pas à quel point je mourrais de chaud sous toutes les couches de vêtements… Je ne partais pourtant pas au ski, mais à la mer ! Il faut admettre qu'avec trente couches sur moi, comment je pouvais ne pas avoir chaud !

Lorsque je voyage, j'ai toujours peur de ne pas retrouver mon sac ou ma valise au retrait des bagages. J'ai toujours une appréhension de ne pas voir ma valise arriver ou qu'une personne l'ai malencontreusement échangée. C'est toujours stressant de voir des valises des autres arriver et de ne pas reconnaître la nôtre au loin.

Lorsqu'il faut préparer les valises et que nous partons en voiture, Patrice me demande toujours de faire attention au nombre de valises que je prends ! Et oui, quand nous partons en vacances avec les enfants, pour vous simplifier les calculs nous sommes six, il faut donc savoir faire des restrictions… Généralement, nous ne prenons pas les animaux mais cela nous arrive de prendre notre chien.

Nous avons certes une grosse voiture, mais nous n'avons pas un camion ! Quand il faut préparer les valises de vêtements, les valises de jouets, les valises contenant le linge de maison et les sacs avec la nourriture d'appoint, je m'y perds souvent même avec mes fameuses petites listes.

Les enfants et Patrice se moquent souvent de moi car j'écris tout ce qu'il nous faut pour les voyages ! Oui, parce que lorsque je pars, je suis toujours bien organisée, enfin j'essaie de l'être ! Il m'arrive souvent d'oublier des choses et de devoir les acheter sur place, mais je pense que je ne suis pas la seule. Généralement, je me débrouille bien, tout rentre dans le coffre !

La plupart du temps, nous prenons souvent le train ou l'avion ! Ah le train, combien de fois je me suis trompée de gare en prenant les billets ou en planifiant le GPS ! Non, mais pourquoi, il y a plusieurs gares qui portent le même nom ! J'aime bien prendre le train pour partir en vacances quand ce n'est pas trop loin. Et oui, une maman de quatre enfants doit bien pouvoir occuper toute cette petite tribu lors des trajets, et sachez que ce n'est pas si simple tous les jours…

Pour Tommy, c'est assez rapide : il met ses écouteurs, il regarde son téléphone et nous ne l'entendons pas du trajet mis à part pour nous demander à manger. Les filles, quant à elles, soit elles jouent ensemble, soit elles se chamaillent ! Elles sont véritablement chat et chien ensemble. Mais il faut admettre qu'elles arrivent souvent à s'occuper ! J'emmène toujours dans un sac des jeux, des coloriages, des cahiers d'activités et des jouets pour pouvoir occuper tout le monde et rendre le trajet agréable. Pour Lucas, c'est plus difficile. Rien que le fait de devoir rester assis, ce n'est pas facile pour lui. Mais nous faisons avec. Je dois tout de même avouer que les meilleurs trajets sont ceux où ils dorment tous ! Un peu de repos pour maman, et pour papa par la même occasion. Youpi !

Enfin, ça, c'est quand les autres passagers sont silencieux ! Nous connaissons tous les personnes qui parlent fort et sur lesquelles nous avons envie d'hurler « Taisez-vous !». Mais, si nous le faisons, cela perd tout son sens et son efficacité. Il y a aussi des personnes pour lesquelles nous aurions préféré ne pas entendre leurs conversations ni forcément savoir et connaître les détails de leurs vies. N'est-ce pas cher voisin de train qui parle de la petite culotte rose de sa conquête d'hier soir et encore je ne vous dévoile pas tout…

Une fois, lors d'un trajet en train, un voyageur avait judicieusement prévu son repas pour le midi ! Malheureusement, il n'avait pas forcément pensé à la température qu'il allait faire à l'intérieur du train ! Vous voyez où je veux en venir ? Comment vous expliquer cela… Disons que fort heureusement je ne peux pas vous partager l'odeur et vous pouvez m'en remercier ! Cela sentait une odeur tellement nauséabonde, une odeur qui nous a gentiment été partagée tout le long du trajet sans notre accord préalable. J'ai passé le reste du trajet avec des nausées à contrôler ! Super ce trajet, je vous aurai bien laissé ma place. Vive le partage !

Lors des trajets en train, il y a aussi des personnes qui sont sans-gêne... Celles qui mettent les pieds sur les sièges en diffusant une certaine odeur. S'il vous plaît, si vous avez envie de voyager en mettant vos pieds sur les sièges des passagers avant pensez à eux et lavez-vous les pieds ! Un peu de solidarité quoi. Sinon je vous partage l'odeur de mes aisselles sans déodorant et vous allez rapidement comprendre ! À bon entendeur !

Je trouve que les trajets en train peuvent être plus rapides que ceux en voiture ! Malgré tout, cela est fortement compromis lorsqu'il y a des grèves ou que nous devons prendre des correspondances. C'est nettement moins plaisant ! Ne me demandez pas pourquoi mais j'ai toujours la fâcheuse tendance à prendre des correspondances proches les unes des autres car je n'ai pas forcément envie d'attendre très longtemps. Je dois ainsi courir avec toute ma petite tribu pour arriver à temps au train tout en stressant de voir notre train partir sans nous... Je pense que le pire, c'est lorsque nous sommes dans le premier train et que l'on nous annonce que le train est retardé... Je ne comprends pas pourquoi, mais le stress monte tout d'un coup *crescendo* !

Partir en voiture, c'est souvent une source de stress en moins. J'ai certes le permis, mais je n'aime pas forcément conduire durant de longs trajets. Je suis cependant une copilote de qualité, n'est-ce pas chéri ? Et oui, je suis celle qui le décharge des réponses aux questions des enfants lors du trajet. Les fameuses réflexions suivantes : « C'est quand qu'on arrive ? », « J'ai envie de faire pipi ! », « Tu peux mettre la radio ? » et j'en passe…

Il faut que je vous partage une anecdote qui s'est déroulée lors d'un long trajet en voiture ! Tommy était plus petit et avait une envie pressante. Malheureusement, ce n'était pas le bon moment ni le bon endroit ! Nous étions en plein embouteillage. Ni une ni deux, il fallait bien trouver une solution !

Pas de panique, j'avais une bouteille d'eau vide. Oui ! Vous imaginez bien la suite ! J'ai dû trop tarder pour la donner à Tommy en lui expliquant qu'il n'avait pas le choix de faire pipi dessus, enfin dedans. Il a commencé à faire son affaire, mais… Attention au démarrage ! Oups, cela n'a pas été dans la bonne direction… Nous avons eu le droit à un jet gratuit et performant ! Je ne vous raconte pas la tête que faisaient les garçons. Tommy parce qu'il était trempé et Patrice car il tient particulièrement à sa voiture… Me concernant, je me suis fortement concentrée pour ne pas éclater de rire. Excuse-moi Tommy mais j'étais obligée de partager cette anecdote !

Comme je vous l'ai déjà dit, je dois avouer que les trajets en voiture, ce ne sont pas les trajets que je préfère. Lors d'un trajet en voiture, à force d'être assis sans pouvoir se lever, ni bouger, nous finissons toujours par avoir des fourmis dans les jambes, avoir des membres du corps engourdi ou encore des courbatures partout même à des endroits où jamais nous aurions imaginé. Nous avons surtout mal aux fessiers. Je trouve également que la route fatigue énormément. Je ne sais pas si vous pensez la même chose que moi, mais je me trouve toujours davantage fatiguée en sortant de la voiture qu'en y rentrant.

Patrice vous dira que je dors plus de la moitié du trajet mais c'est faux ! Non, je ne « gobe » pas les mouches en dormant comme il le dit si bien mais je m'aère. C'est important d'avoir une bonne ventilation lorsque nous respirons. Voici pour vous une merveilleuse excuse si une personne vous accuse, tout comme moi, de gober les mouches lorsque vous somnolez.

Au début, je préparais toujours à fond nos vacances mais j'ai vite arrêté. Il y avait toujours des imprévus ! Je ne vous conseille absolument pas de prévoir une heure de départ quand nous prenons la voiture. C'est quelque chose d'inimaginable et irréalisable enfin surtout chez les Rovers !

Pour le coup, tout le monde est responsable. Entre un qui termine quelque chose, l'autre qui n'est pas prêt, celui qui a une envie pressante de dernière minute, l'électricité et l'eau à couper, les volets à fermer ou encore Patrice qui décide de laver la voiture et de gonfler les pneus… Je ne sais plus à quand remonte la dernière fois que nous sommes partis à l'heure. Mais relativisons, ce sont les vacances ! Je ne sais pas si vous êtes pareils que moi, mais la veille d'un départ en vacances j'ai du mal à m'endormir. Un mélange entre l'excitation de partir en vacances, la peur de louper l'avion ou le train, le stress d'avoir oublié quelque chose même si la valise a été vérifiée un nombre incalculable de fois, la peur de louper le réveil…

Partir en vacances avec des enfants, s'avère être un véritable défi. Je ne sais d'ailleurs même pas si nous pouvons vraiment appeler cela des « vacances » car elles ne sont pas de tout repos. Pour moi, le terme « vacances » rime avec loisirs, dormir et farniente. Trois éléments qui sont souvent compromis lorsque nous partons en vacances en famille.

Par exemple, comment réussissez-vous à lire un livre en vacances en présence d'enfants ? Ils ont toujours besoin de quelque chose en urgence, de me dire une information primordiale ou qu'ils souhaitent faire une activité avec moi. Ils nous sollicitent tout le temps, enfin surtout quand eux l'ont décidé. S'ils n'ont pas envie de passer du temps avec nous, ils nous le font également très bien comprendre.

C'est pareil pour le farniente. Et oui, impossible de se poser sur la serviette et de bronzer tranquillement sans avoir des enfants qui courent autour de nous en nous jetant du sable, qui nous mouillent en sortant de la mer, qui veulent absolument nous faire un câlin lors de notre séance de bronzage… Les enfants, lorsque nous bronzons, c'est comme des lunettes de soleil au ski, ils nous font toujours de sacrées traces de bronzage...

Et dormir ? Qui arrive encore à associer « vacances avec des enfants » et « dormir » ? C'est une réelle question que je me pose... Lorsque je pars en vacances, je désactive toujours mon réveil afin de pouvoir réaliser les meilleures grasses matinées de ma vie sans avoir à être réveillée par une sonnerie stridente. Le réveil est souvent remplacé par nos propres enfants que nous ne pouvons malheureusement pas mettre sur *OFF*...

Il va falloir qu'ils m'expliquent pourquoi lorsqu'il y a école ils ne veulent jamais se lever à l'heure par contre lorsque c'est les vacances, là, ils sont levés très tôt... N'est-ce pas Lucas ? Ils ont beau nous dire « Oui on veut faire des grasses matinées ! » ou encore « Oh trop bien, on ne va pas se réveiller tôt demain !» mais il y en a toujours un pour se réveiller très tôt et surtout réveiller les parents. Et pour être plus précise, je ne parle pas que de Lucas.

Non mais il faut dire que nous, les parents abusons : le petit-déjeuner n'est même pas prêt au réveil ! Je ne sais pas si vos enfants sont pareils que les miens, mais pour eux, en vacances, le petit-déjeuner rime avec boulangerie et par la même occasion viennoiseries... Est-ce qu'ils croient sincèrement et réellement que je vais me lever plus tôt pour aller, gentiment, leur chercher du pain, des croissants ou encore des pains au chocolat...

Excusez-moi d'en décevoir certains mais chez nous les chocolatines cela n'existe pas !

Je pense sincèrement que lorsqu'ils nous réveillent uniquement pour cette raison, ils se sont trompés de parents… Par contre, je dois admettre que s'ils ont envie d'y aller pour apporter le petit déjeuner au lit, je ne dirais pas non ! C'est compris les enfants ?

Non, plus sérieusement, les réveils très espacés c'est quelque chose pendant les vacances. Entre Lucas qui arrive en sautant sur le lit et en criant « Maman, j'ai faim ! » et les pseudos adolescents qui la plupart du temps ne sont pas forcément très matinaux… J'ai trouvé une technique infaillible maintenant. Lorsque j'ai décidé que nous partions tôt et que je leur ai surtout précédemment dit que nous partions tôt ou à une heure précise et qu'ils ne sont pas réveillés ni prêts, je vais les réveiller à ma manière.

J'ai déjà essayé quasiment toutes les techniques : les caresses en répétant « Réveille-toi… » sur un ton très doux, les fameux « Réveille-toi ! » avec un ton plus sec et plus fort, le fait d'allumer la lumière, le fait d'ouvrir les volets ou encore d'ouvrir la porte en leur précisant qu'il faut se réveiller… Rien ne marche ! J'ai trouvé la technique maintenant ! Il suffit d'aller dans leur chambre avec la musique à fond et nous n'avons pas besoin d'en faire plus. Au début ils râlent un petit peu, à la fin aussi, mais au moins ils sont tous réveillés ! Et puis, ils ne peuvent pas se plaindre car avant, à la bonne époque, on nous réveillait en nous renversant un seau d'eau froide ou avec le bruit des casseroles et des tambours... Nous pouvons donc considérer que les réveils avec de la musique passent encore. Ce n'est pas si atroce que cela !

Les vacances avec la famille au complet ne riment pas forcément avec plénitude. Cela peut également rimer avec petits malheurs. Comme on le dit souvent, le bonheur des uns fait le malheur des autres... En famille, nous n'avons pas forcément les mêmes attentes concernant les vacances. Entre ceux qui veulent visiter la ville, ceux qui veulent bronzer, ceux qui veulent faire du shopping, ceux qui ne veulent absolument rien faire, ceux qui doivent réviser... Il y a même celui qui vient et qui ne veut rien partager. Que ce soit sa chambre, son repas, ni son budget... Aucune participation, rien !

Ah les vacances, le fait de tout oublier le temps d'un instant... même les maillots de bain ! Oui, cela m'est arrivé de partir à la mer et d'oublier les maillots de bain de toute la famille...

Aller à la mer avec des enfants c'est principalement ramasser et ramener des coquillages ou des galets chez soi. Je ne sais pas pourquoi, mais tous mes enfants, absolument tous, ont ramené des galets ou des coquillages... À chaque fin de vacances, c'est la guerre. Entre ceux que nous retrouvons dans le lit, ceux que nous retrouvons sur la terrasse, ceux que nous retrouvons dans leur valise, ceux qu'ils veulent absolument embarquer à la maison... Maintenant j'ai trouvé la solution, je leur dis qu'ils ne peuvent ramener qu'un seul souvenir de vacances. À eux de choisir ! Que ce soit un souvenir comme un cadeau acheté ou un souvenir trouvé dans la nature. Cela limite subitement leur envie de rapporter des coquillages à notre domicile.

Je dois tout de même admettre qu'Alicia se débrouille très bien en dessin... Elle nous a fait de magnifiques illustrations sur des galets. À un moment, c'était une tendance. À ce jour, l'envie lui est passé. Nous sommes tout de même une sacrée famille d'artistes !

En parlant d'artistes, ce que j'adore quand je vais à la plage c'est de voir les personnes qui font des constructions comme des châteaux de sable ou des choses assez impressionnantes. J'ai beau essayer, mon château de sable ne ressemble jamais à un château de sable mais plutôt à un tas de sable... Du coup, j'ai plutôt opté pour la deuxième option : celle de solliciter les plus grands pour aider le plus petit. Me concernant, je fais le « guide » comme appelle cela Lucas. C'est-à-dire que j'écris « Attention château ! » sur le sol. Et oui, j'ai participé au projet ! Un projet familial !

Qu'est-ce que nous pouvons bien nous amuser sur et dans le sable. Oui j'ai bien dit dans le sable. Qui ne s'est jamais amusé à enfouir quelqu'un dans le sable ? Il est vrai que ce n'est pas toujours drôle après quand il faut enlever les grains de sable coincés dans le maillot de bain pour notre plus grand bonheur... Je suis entièrement d'accord avec vous, c'est juste *fun* sur le moment.

Quand Tommy était petit, il ne supportait pas d'avoir du sable sur ses pieds cependant il adorait aller à la mer. Je ne vous raconte pas le *sketch* que c'était de l'emmener à la plage... Oui, nous étions très discrets lorsque nous arrivions à la plage avec Tommy ! Il fallait sans cesse secouer sa serviette dès qu'il y avait du sable dessus. C'était assez contradictoire car il adorait prendre le sable dans ses mains et jouer avec. Vous vous imaginez donc bien que la serviette était souvent recouverte de sable...

Autre anecdote, lorsque j'étais adolescente, mon père s'était cassé la malléole et avait donc un plâtre. Nous étions partis faire un petit séjour au bord de la mer. Il a quand même tenu à aller dans l'eau en mettant autour de sa jambe une sorte de plastique étanche genre préservatif géant en plastique bleue étanche. Oui, il était remarquable mais peu discret ! Un vrai *schtroumpf* !

Je pense que toute la famille s'en souvient encore, en tout cas moi je m'en souviens encore très bien ! Un jour, je me rappelle qu'il était descendu au bord de la mer sans ses mitaines, il les avait laissées sur la serviette. La marée étant basse, le trajet était donc assez long surtout qu'il était en béquilles. Pour le retour, il m'a demandé d'aller chercher ses mitaines qui lui permettaient de ne pas avoir mal aux mains. Je suis donc remontée à la serviette. Jusque-là tout allait bien.

En arrivant à la serviette, je me suis faite accoster par un monsieur. Je n'étais absolument pas rassurée ! Surtout que quelques secondes après, j'ai vu des policiers s'avancer vers moi et me demander ce qu'il m'avait dit. Très rassurant cette situation n'est-ce pas ? J'ai alors rapidement rejoint ma maman qui s'occupait de mon petit frère. Ce dernier s'était coupé le pied avec un couteau de mer. Ma maman a dû aller au centre de surveillance de baignade pour soigner son pied. Bref, mon papa attendait !

Au bout d'un certain temps, qui avons-nous vu revenir au loin ? Notre bonhomme bleu préféré… Il n'était pas vraiment content, persuadé que l'on avait fait exprès !

Ah la mer ! Ces moments où tu es dans l'eau et que tu crois voir une méduse s'approcher de tes pieds. Tu cours jusqu'au bord de l'eau puis tu observes, tu observes tellement que tu te rends compte que ce n'est pas une méduse, mais un bout de plastique ! Il faudrait peut-être un jour songer à arrêter de polluer la mer pour éviter à certaines d'avoir de très grosses frayeurs !

Plus sérieusement, il faudrait davantage penser au monde marin vivant dans un lieu pollué… Je n'ai pas envie de débattre plus longtemps sur la pollution mais j'ai juste quelque chose à vous dire : s'il vous plaît, ne jetez pas vos déchets dehors. Ils n'arrivent pas encore à se diriger tout seul vers la poubelle ou le centre de tri !

Quand nous partons à la mer, nous adorons faire du *camping*. Lorsque nous étions encore sans enfant, c'était beaucoup plus simple... Il fallait « simplement » monter une tente pour deux personnes. Maintenant, avec les enfants, c'est un peu plus complexe. Nous avons plusieurs tentes à monter et des enfants à occuper en même temps ! Je ne sais pas pour vous, mais je n'arrive jamais à monter les tentes en deux minutes top chrono. J'ai beau essayer, je n'y arrive pas ! J'ai déjà essayé de me chronométrer et bien figurez-vous que le chronomètre tourne toujours !

De la même manière, c'est très rare que nous terminions les vacances avec les matelas tout aussi gonflés qu'au début. Il y a toujours un matelas qui se dégonfle ou qui nous fait faire un effet bateau c'est-à-dire que lorsqu'une personne est en hauteur, l'autre personne est à même le sol... Si vous avez eu la chance et le privilège de n'avoir jamais vécu cette situation, vous avez beaucoup de chance car vous avez vraiment la sensation d'être sur un bateau en mer. Je ne le vous recommande pas forcément... En plus, je trouve que nous dormons assez mal sur un matelas gonflable surtout avec quelqu'un qui bouge beaucoup. Nous ne sommes plus dans un bateau mais nous sommes maintenant dans un manège à sensations fortes. Mais bon, je chipote peut-être un peu trop !

Ah le camping, j'y vais depuis que je suis petite et j'en ai que des bons souvenirs ! Plus tard, la première fois que je suis partie faire du camping seule, j'avais une tente dans un emplacement juste à côté de ma famille. Le soir, lorsque je rentrais avec mes amis, nous restions souvent à parler au niveau de mon emplacement. Par moments, nous partions en fous rires à n'en plus finir. Un jour, nous faisons tellement de bruit que nous nous sommes retrouvés face à mon papi en slip qui venait de sortir du lit. Oups, nous avions réveillé papi…

Parfois des souvenirs plus cocasses. Par exemple, le fait de ne pas avoir le bon adaptateur et de se retrouver sans courant et sans électricité. C'est jouable lorsque nous n'avons qu'un téléphone à charger mais pour nous, c'est plutôt raté notamment quand nous avions un frigo à brancher…

Pour moi, le camping rime avec douche collective. Mais non, je ne parle pas des douches où tout le monde est dans la même douche mais des douches individuelles dans un sanitaire collectif. Dis donc ! Aller à la douche au camping, c'est l'opportunité de faire des blagues aux autres et surtout à ses proches, rien qu'à ses proches plutôt. Oui, j'ai déjà emprunté les affaires des enfants, les ai déjà cachées simplement pour les entendre râler ! Et comme ils ne savaient pas que j'étais à la douche, je me bidonnais de rire… C'était bien drôle de les voir revenir en serviette !

Oui, je sais, je suis un peu une gamine sur les bords quand j'embête mes enfants mais c'est un peu ma manière de me venger de ce qu'ils me font vivre ces sacrés garnements ! Je dois tout de même avouer que je me suis bien vengée. Entre les affaires cachées, le gel douche qui mousse beaucoup, beaucoup… Oui, je suis une maman assez farceuse, enfin moi je me trouve drôle. Je m'amuse, comme beaucoup le font, à vider le gel douche sur leur tête lorsqu'ils sont en train de se rincer. Au moins je suis certaine que tout est bien lavé.

Je me rappellerais toujours d'une nuit au camping… Nous étions en train de dormir quand tout d'un coup, un homme fort alcoolisé s'est littéralement étalé sur notre tente et sur moi par la même occasion. « Allô la sécurité, il ne veut pas bouger ! ». Oui, cela m'est déjà arrivée ! Je ne préfère pas vous détailler l'état de notre emplacement après son passage… Ce n'était pas joyeux, loin de là ! Disons qu'il avait laissé des traces de sa venue…

Les vacances riment souvent avec coups de soleil pour notre plus grand bonheur ou pas ! Il faut bien avouer qu'avoir des coups de soleil ce n'est pas forcément joyeux, c'est même très douloureux ! Et puis les coups de soleil viennent parfois accompagnés de montées de chaleur, de soif intense, de douleurs physiques… C'est pour cette raison que je me couvre absolument partout de crème solaire. Je me couvre tellement que parfois mes enfants me disent « Maman tu es toute blanche ! » ! Ce à quoi je réponds qu'il vaut mieux être blanche comme neige que rouge comme une écrevisse !

Après les vacances à la mer, les vacances que j'apprécie également sont celles au ski. C'est à cette occasion que je réserve toujours des locations... Mais attention il faut toujours faire attention à ce que nous sélectionnons, je parle en connaissance de cause. Quand ta super belle location n'existe finalement pas ou ce n'est pas forcément ce que tu attendais, cela ruine un petit peu les vacances ! De la même manière, lorsque nous réservons un hôtel ou une location, il faut toujours, je dis bien toujours, vérifier les avis sur Internet. Cela vous évitera d'avoir de mauvaises surprises comme nous avons pu en avoir. C'est pareil pour le fait de réserver l'hôtel le moins cher possible, ce n'est pas toujours une très bonne idée. Je vous épargne les détails mais l'hygiène, le bruit, le repas quand il y en a... C'est à revoir ! Mais il fallait également s'y attendre.

Cela représente certes un gros budget pour notre famille mais qu'est-ce nous rigolons sur les pistes. Un petit peu moins lorsque nous voyons nos enfants descendre en traîneau avec les secouristes car ils sont tombés en plein milieu de la piste. Je vous rassure, plus de peur que de mal ! Ah, les chutes au ski... Je pense que nous en avons déjà tous faites ! Nous avons tous déjà assisté à une chute effet boule de neige. Je ne vais pas vous raconter toutes mes chutes sinon il me faudrait plusieurs tomes mais sachez qu'il y en a eu des belles... Patrice s'en souvient encore !

Une fois, il s'est « trompé de piste » et m'a emmené sur une piste noire que je ne connaissais pas. Je peux vous dire que je m'en rappelle précisément... C'est simple, j'ai littéralement dévalé la piste la tête la première vers le bas en glissant. Je voyais absolument tout ce qui se passait : les skieurs experts qui descendaient la piste à vitesse grand V devant moi, Patrice qui était accroupi au sol en étant plié de rire de me voir hurler, ceux qui s'arrêtaient de skier pour me regarder dévaler la piste sans agir... Et il y avait moi, en train de crier « au secours » tout en étant en train de dévaler la pente. Cette fois-ci, je ne ressemblais pas à un panda mais j'étais verte de rage. Je préfère faire des pistes rouges et non les noires. Je trouve que je skie plutôt bien mais j'appréhende maintenant les pistes noires...

Ce que j'aime le plus au ski c'est lorsque les enfants reçoivent leur premier flocon, la première étoile, la deuxième et ainsi de suite... De voir la satisfaction dans leurs regards lorsqu'ils reçoivent leurs récompenses de fin de séjour. Ils rentrent tout fiers avec leurs médailles fièrement accrochées à leurs vêtements. Ils sont heureux de l'annoncer à leurs amis et pour rien au monde je ne changerai ces moments-là !

C'est également amusant d'assister au premier cours des enfants et surtout de les voir prendre leur premier tire-fesse... Je suis la première à rigoler mais aussi la première à avoir déjà loupé le début et/ou la fin d'un tire-fesse. Je me souviens encore de mon grand-père qui était derrière moi et qui me disait ou plutôt me criait « Tire ! » ou encore « Lâche ! ».

J'ai même une amie qui y a laissé un bout de son pantalon... Je ne sais pas comment c'est arrivé mais son pantalon s'est accroché et déchiré lors de ses péripéties avec un tire-fesse. Je n'ose même pas imaginer le coup de froid qu'elle a dû prendre...

La première fois que Tommy a fait une piste avec nous, il n'arrivait pas à freiner... Il descendait tout *schuss* et s'écrasait littéralement sur chaque poteau qu'il rencontrait. Que ce soit les poteaux couverts, enfin protégés, ou non... Cela nous a valu bien des frayeurs ! Maintenant, il maîtrise le ski et veut faire du hors-piste ou des *slaloms* dans les bois... Je vous avoue que je ne suis pas tellement *fan* ni même rassurée ! Mais qu'est-ce que nous ne ferions pas pour faire plaisir à nos enfants... Résultat, moi aussi j'ai foncé parmi les arbres, cependant moi ce n'était pas forcément volontaire ! Nous remercierons Tommy plus tard.

Je ne sais pas pourquoi, mais bizarrement à chaque fois que nous revenons de vacances au ski il y a toujours une personne qui me dit « Ah toi tu as été au ski ! ». Enfin, si, je sais pourquoi... J'ai beau mettre une tonne de crème solaire, j'ai toujours la trace du bronzage : que ce soit la trace du casque (oui je mets toujours un casque) et les traces de lunettes.

Par moments, j'ai également des traces de skis... Mais ce n'est qu'un détail !

Je pense que je vais m'arrêter là pour ce chapitre. Je vous raconterai dans un autre chapitre des souvenirs, hors vacances en famille...

Je vous invite à aller me rejoindre au prochain chapitre ! À tout de suite !

6 - Mes grossesses

Vous revoilà pour la lecture de l'un des chapitres des plus beaux souvenirs de ma vie : la naissance de mes enfants !

J'ai vécu trois grossesses toutes différentes les unes des autres. Je vais toutes les rassembler dans le même chapitre car cela sera beaucoup plus simple pour moi de l'écrire.

J'ai eu mon premier enfant à seulement dix-huit ans. Oui j'ai été une jeune maman, ce qui m'a bien valu beaucoup de remarques et de commentaires… J'avais sans cesse peur d'être jugée. J'ai même eu honte ! J'appréhendais beaucoup la réaction de ma famille même si je savais que cette dernière allait être bienveillante. J'ai ensuite eu mes deux jumelles à vingt-cinq ans et pour finir, à trente-trois ans Lucas a pointé le bout de son nez.

Qui dit grossesse, dit symptômes de grossesse. J'entends par cela la poitrine qui devient très volumineuse, pour le plus grand plaisir de certains… Une poitrine qui devient lourde et sensible ce qui est nettement moins sympa et moins *cool* pour nous. Certes, cela peut être beau esthétiquement mais pour une femme enceinte, sachez que c'est contraignant ! Nous prenons du ventre, des hanches, de la poitrine, des kilogrammes… Nous n'avons pas forcément signé pour cela.

Patrice m'a gentiment accompagnée dans chacune de mes grossesses. Comme un véritable papa poule répondant déjà aux besoins de ses enfants et par la même occasion, aux besoins de sa femme, il avait également pris du poids. Il faisait une petite couvade !

Je ne vais pas me plaindre de ma prise de poids, je ne suis pas comme cela. Le corps d'une femme enceinte est pour moi d'une beauté sans nom. Grossir n'est pas quelque chose de scandaleux. Nous sommes en train de concevoir et de mettre au monde un enfant, il faut bien s'attendre à prendre du poids. Et puis, si nous sommes assidues, les kilogrammes que nous avons pris, nous les perdrons (plus ou moins) rapidement. Je peux vous assurer que la prise de poids pendant la grossesse n'est pas une mince affaire pour les femmes enceintes. Cela implique bien des complications au quotidien… Mais j'en parlerai un peu plus tard.

Ce que je redoutais et qui est arrivé ce sont les nombreuses nausées de grossesse ! Autant vous dire que j'ai passé les premiers mois en tête à tête avec mes toilettes. Pour le côté glamour, on repassera. Ce que je peux vous dire c'est que les toilettes je les ai vues sous tous les angles. Au début, quand mes proches me cherchaient, ils savaient où me trouver : aux toilettes ! Il y a des femmes qui n'ont pas de nausées mais moi, malheureusement, je n'y ai pas échappé…

C'est pareil pour les sauts d'humeur, mais ça je pense que c'est identique pour toutes les femmes. Je m'excuse encore auprès de Patrice pour les fois où je l'ai envoyé balader pour rien. En même temps, des fois il me cherchait pas mal ! Quand j'ai faim, j'ai faim ! Il ne faut pas chercher midi à quatorze heures ou encore trouver des excuses. Je ne sais pas pourquoi il prenait tout son temps pour m'apporter ce que je voulais. Je ne suis pas une princesse, je suis une femme enceinte avec des désirs à accomplir !

Par moments, au contraire, je me transformais en une vraie fontaine à larmes. Je pleurais pour un tout et pour un rien. Cela devenait vite pesant… Vive les hormones ! Cependant mon corps était en train de réagir au fait que je devenais maman et c'était pour moi le plus beau cadeau du monde.

Qu'est-ce que j'ai passé de nuits blanches en étant enceinte… Si seulement ma tête et mon corps avaient su ce qui allait se passer après ! J'aurais bien dormi plus longtemps ! J'ai de la chance maintenant, ils font tous leurs nuits. Il était temps !

Je vais directement enchaîner avec les complications de grossesse.

J'adresse toutes mes félicitations aux femmes enceintes qui arrivent encore, en fin de grossesse, à mettre leurs chaussures et les vêtements qu'elles désirent. Ou celles qui arrivent à se lever du canapé de façon élégante...

Je n'ai jamais réussi à enfiler mes chaussures en fin de grossesse. Et pourtant, j'ai vraiment horreur que l'on m'habille et surtout que l'on me touche les pieds. C'est quelque chose qui me répugne au plus haut point. De la même manière, comme nous n'arrivons pas à atteindre nos pieds, comment voulez-vous que nous nous épilions seule ? Il faut alors demander à un proche... Bonjour l'intimité ! Quand il s'agit des jambes cela passe encore, mais quand il s'agit de s'épiler le maillot, c'est tout de suite moins agréable. On peut le dire : vive les esthéticiennes !

Je me rappelle d'une fois où j'ai demandé à Patrice de me mettre mon vernis. Non, je ne lui ai pas demandé de m'épiler le maillot, hors de question ! Les filles, si vous avez un mari qui arrive à vous mettre du vernis correctement, gardez-le c'est le bon !

Il m'a approximativement aidé à mettre mon vernis, mais cela débordait de tous les côtés... Je n'apporte pas trop d'importance à mon physique mais là, ce n'était pas possible ! Déjà que j'avais les pieds gonflés, si en plus de cela j'avais un vernis appliqué de cette manière-là. Non, ce n'était absolument pas possible ! Mes orteils ressemblaient à des radis…

En étant enceinte, la saison que je détestais le plus c'était l'été. Il faisait tellement chaud que je faisais de la rétention d'eau. Du coup, je n'avais pas le choix, les bas de contention étaient devenus mes meilleurs amis. Cela m'a permis d'éviter les phlébites, les thromboses, ou les varices causées par le sang qui coagule plus vite. Aimant prendre l'avion, je devais donc faire très attention.

Pour ma première grossesse, je me rappelle encore du moment où Patrice est parti m'acheter mes bas de contention. Il est revenu l'air triste et m'a dit « Désolé chérie, je les ai trouvés mais ce n'est pas très glamour ! ». Je lui ai répondu qu'au point où j'en étais je n'étais pas à cela près…

Je pense que toutes les femmes qui ont eu des enfants peuvent le comprendre. Quand nous sommes enceintes, nous ne ressemblons quasiment plus à rien, il y a des femmes qui continuent à prendre soin d'elles et sont littéralement des bombes et puis il y a les autres, comme moi, qui ne ressemblent plus à rien !

Entre les vêtements trop petits, les vêtements qui nous vont plus, les vêtements de grossesse qui ne sont pas forcément à notre goût, les cheveux qui ne sont pas coiffés et le visage… Non, vraiment, dans certaines situations nous faisons un peu peur ! Mais bon, nous sommes en train de mettre au monde la plus belle merveille de notre vie.

Je ne sais pas si beaucoup de femmes sont comme moi, mais pour moi grossesse est synonyme de stress. Je stressais à chaque fois pour un rien. Au moment de l'échographie, je stressais de ne pas entendre le cœur de mon bébé battre...

Au moment où je me mettais en position hall de gare, j'attendais qu'une seule chose : entendre le cœur de mon bébé battre. Et lorsque je l'entendais, et que je le voyais sur l'échographie, j'étais la femme la plus heureuse du monde. À chaque fois je versais ma petite larme. Oui, je suis de nature très émotive et étant enceinte tout prenait des proportions démultipliées.

Je stressais également à chaque examen. J'avais tout le temps peur de faire quelque chose qui pouvait nuire à ma grossesse et donc à mon enfant. Pour chaque grossesse, j'avais peur, je ne sais pas pourquoi, de ne pas aimer mon bébé autant que les autres. J'en avais la boule au ventre. Pourtant je le savais, l'instinct maternel revient à chaque enfant mais il est vrai que c'est difficile de l'imaginer !

En effet, la maman et son bébé ont un lien fusionnel car les femmes sont biologiquement et hormonalement programmées pour être sensibles aux besoins de nos bébés. De plus, le temps passé ensemble dans le ventre favorise le lien d'attachement.

Pour chaque grossesse, j'avais également peur d'accoucher. Je ne saurais pas vous expliquer la raison. Je pense que j'avais surtout peur de ne pas réussir à gérer la douleur et peur qu'on ne puisse pas me proposer la péridurale. En même temps, j'avais peur qu'on me pose la péridurale. Oui je sais c'est assez contradictoire. On m'en a dit tellement de choses sur la péridurale : « Tu verras, c'est une grosse aiguille. », « Tu verras cela dure dix minutes. », « Tu verras cela fait extrêmement mal. », « Tu verras après tu ne sentiras plus rien. », et plein d'autres choses… Mais ce que je sais de la péridurale, c'est que grâce à elle j'ai pu dire au revoir à la douleur.

J'avais également peur d'un accouchement inopiné : que ce soit sur la route, en voiture, aux toilettes, chez moi… Oui je sais, je regarde un peu trop les films mais je ne sais pas pourquoi cela me faisait extrêmement peur.

En réalité, j'avais peur d'avoir peur. Oui c'est cela, j'ai enfin mis des mots sur ma peur !

Je me suis rassurée sur le fait que je n'étais pas la première ni la dernière à accoucher et à avoir des enfants bien au contraire. Il faut savoir qu'il y a des équipes performantes derrière nous à qui nous pouvons faire confiance. Étant de nature très stressée, la peur n'était pas facile à gérer… Mais heureusement, j'ai été accompagnée par de fabuleuses sage-femmes et gynécologues.

J'avais toujours une angoisse permanente, celle de faire une fausse couche... Connaissant des mamans qui en ont fait, je comprends tout à fait la douleur que cela peut être. Certaines personnes jugent en disant que l'enfant n'était pas né et qu'il était donc inexistant mais vous ne pouvez pas connaître, ni comprendre le lien qui unit la maman et son enfant rien qu'à travers le ventre. J'adresse tout mon profond respect et mon admiration aux « mamanges » pour leurs forces à traverser cette douloureuse épreuve.

À chaque fois, j'avais également peur de la vie après. Principalement pour Tommy, mais également pour tous mes autres enfants. La vie change avec un enfant. J'avais également peur de délaisser ma vie de couple car quand nous voyons le nombre de séparations après avoir eu un enfant, cela fait peur. Mais il suffit d'avoir un couple solide, amoureux et uni pour tenir le coup.

De façon générale, je n'aime pas trop les changements. Une grossesse est signe de changements et cela me faisait clairement peur. J'avais également peur des contractions comme beaucoup de femmes et l'angoisse d'une malformation ou d'un handicap pour mon enfant. Je n'avais pas peur d'élever un enfant avec une malformation ou un handicap mais surtout peur de voir l'évolution de mon enfant dans la société avec un handicap... Nous voyons tellement de choses atroces que j'en avais peur.

Je me rappelle que pour la grossesse de Tommy, ma première grossesse, j'avais peur des reproches, des remarques, même des conseils et des personnes qui étaient présentes mais vraiment trop présentes. Je me souviens encore avoir dit à Patrice « Pendant le premier mois de notre fils, je ne veux voir personne ! ». Ce n'était pas évident d'entendre certains des reproches surtout lorsque l'on est enceinte et encore moins lorsqu'il s'agit d'une première grossesse et que nous sommes jeunes… Il faut cesser de juger sans savoir…

Au contraire, il y avait des personnes qui disaient « La grossesse te va bien ! ». Je ne sais pas si c'était sincère ou hypocrite… En effet, avec les kilogrammes en trop, les cheveux en bataille, les boutons, l'impossibilité de mettre les chaussures ou de s'allonger correctement, la fatigue ou les vergetures… Je ne vois pas où la grossesse nous va à ravir ou nous va bien tout simplement. Mais chacun sa manière de voir les choses !

Il faut savoir que je suis encore tigrée maintenant. Oui, j'ai encore des vergetures ! Mais comme je le dis plus haut mon corps a été marqué à vie par les plus belles rencontres de ma vie. Je ne changerai cela pour rien au monde. Pourtant, j'ai essayé toutes les crèmes et tous les remèdes de grand-mère pour éviter les vergetures. Mais bon, je pense que nous ne sommes malheureusement ni décisionnaires ni égales face à cela…

S'allonger en fin de grossesse s'apparentait pour moi à un cachalot qui s'échoue sur un rivage. Oui, me concernant le fait d'être allongée et enceinte sont des souvenirs difficiles. En fin de grossesse pour les filles, j'ai malheureusement été alitée...

Le principal avantage de l'alitement est que c'est le papa qui doit faire toutes les tâches ménagères : les courses, le ménage, les lessives... Le pauvre tout de même quand il ne faisait pas comme je le souhaitais et comme je le voulais : je râlais (un peu). Je vous l'ai déjà dit : c'était mes hormones qui s'affolaient.

Beaucoup de personnes enviaient le fait que je sois alitée... Si seulement j'avais pu m'en passer, je l'aurais fait ! La vie ou du moins les filles en ont décidé autrement. J'ai également eu le droit à des réflexions du type « La chance, je pourrais tout donner pour rester à rien faire sur mon canapé. » ou encore « Je sais ce que c'est, j'ai été clouée au lit une semaine avec cette fichue gastro. ». Autant vous dire que nous n'avons pas du tout la même vision de l'alitement.

Le plus difficile dans l'alitement ce n'est pas de rester allongée, c'est surtout de s'occuper ! Au début cela se passe relativement bien, c'est plutôt *cool*... Mais au bout d'un certain temps, cela va beaucoup moins ! Il faut sans cesse garder en tête que c'est pour le bébé que c'est comme ça. Grâce à l'alitement, j'ai pu m'avancer et me mettre à jour dans l'administratif. Je n'avais plus d'excuse et je ne pouvais pas reporter au lendemain en disant que je n'avais pas le temps... Je n'avais que cela à faire ! J'en ai également profité pour faire plusieurs albums photos en ligne.

Je ne suis pas la plus à plaindre quand je vois que certaines femmes sont restées alitées pendant de nombreux mois. Me concernant, cela n'aura duré qu'un petit mois. « Petit » c'est un bien grand mot. Je me suis découverte une nouvelle passion pendant que j'étais alitée : les coloriages ! Vous allez peut-être, voire même sûrement, me juger mais je trouvais cela satisfaisant et demandait beaucoup de minutie.

Durant chacune de mes grossesses, Patrice me prenait en photo de profil chaque mois. Un bon moyen de garder de magnifiques souvenirs de l'évolution de mon ventre au fil des grossesses. C'était assez amusant car sur les premières photos j'étais avec un grand sourire, maquillée et très bien habillée... Puis cela est rapidement parti en cacahuètes ! J'ai terminé les photos en ressemblant littéralement à une épave. Mais je pense que le plus important était d'avoir de beaux souvenirs que nous pourrions partager à nos enfants lorsqu'ils seront plus grands !

Pour chacune de mes grossesses, j'ai rédigé un récit de grossesse en y partageant les photos des différentes échographies, ainsi que les photos prises tout au long de ma grossesse. Chez moi, chaque enfant a une boîte que je lui offrirai à ses dix-huit ans.

À l'intérieur, j'y ai mis : mon récit de grossesse, mon récit d'accouchement, son bracelet de naissance, son premier bonnet, les photos de ses empreintes de pieds et de mains, ses premiers cheveux, ses dents de lait, sa première lettre au Père Noël, son premier body et son premier doudou, son faire-part de naissance et pour finir le biberon de la maternité.

J'ai longuement hésité à y laisser également le cordon ombilical, mais je me suis dit que c'était sans doute mieux de ne pas le mettre !!!

Préparer l'arrivée d'un bébé au sein de sa famille est un moment de pur bonheur mais également de stress intense : tout doit être prêt avant qu'il ou elle pointe le bout de son nez.

Certaines femmes dont nous ne parlons pas beaucoup subissent le déni de grossesse. Elles ne supportent pas de voir leur corps changer, que la grossesse soit désirée ou non. Beaucoup de femmes n'osent pas en parler par peur d'être sûrement jugées, mais je trouve cela important de dire que cela existe et je pense qu'il faudrait que ce sujet ne soit plus tabou... Je ne peux pas forcément vous en parler davantage car je ne l'ai pas vécu mais ayant des proches qui l'ont vécu je me devais de vous dire que cela existe !

Lorsque je suis tombée enceinte des filles, je ne sais pas pourquoi mais je l'ai senti. Je me rappelle encore du lieu où j'ai découvert que j'étais enceinte. J'étais en train de faire les magasins avec une amie et je ne sais pas pourquoi j'ai eu l'envie d'acheter un test de grossesse. Je ne sais pas, je le sentais !

Si seulement je n'avais fait que de l'acheter... Non ! C'est très mal me connaître. Je me suis immédiatement empressée de réaliser le test dans les toilettes du centre commercial. Sans réelle surprise, le test s'est révélé être positif : j'attendais un bébé ! J'ai littéralement été dans l'impossibilité d'attendre le soir pour l'annoncer à Patrice donc je l'ai directement appelé. Très original n'est-ce pas comme annonce ?

Me voyant revenir les larmes aux yeux et toute souriante, mon amie a alors directement compris que j'étais enceinte. Elle m'a serrée dans ses bras et m'a félicitée. Oui, j'ai partagé le bonheur d'être enceinte avec mon amie avant de le partager avec mon mari... Je m'en suis longtemps voulue de lui avoir dit au téléphone mais je ne pouvais plus attendre, c'était tellement difficile !

Qui dit arrivée d'un bébé dit annonce à nos proches... Je ne sais pas si beaucoup sont comme moi mais j'aime annoncer le sexe de mon enfant en faisant une fête, comme une *gender reveal*.

Pour Tommy, j'ai annoncé le sexe avec un gâteau. Lors de la découpe, l'ensemble des invités ont découvert que c'était un garçon car il était bleu à l'intérieur. Oui, je peux admettre que c'est assez stéréotypé de mettre le rose pour les filles et le bleu pour les garçons mais j'ai suivi cette tendance. Patrice et moi connaissions déjà le sexe. C'était impossible de résister ! Nous avions pourtant demandé à la gynécologue de nous l'écrire dans une enveloppe mais cette dernière a rapidement été ouverte.

Concernant les jumelles, l'annonce s'est faite par des confettis qui partaient de part et d'autre. Étant donné que c'était une grossesse gémellaire nous avons annoncé les sexes en deux phases. Une première fois pour le premier bébé et une deuxième fois pour le second bébé. Cette fois-ci, nous avons appris le sexe de nos enfants en même temps que les invités. Je dois vous avouer que l'attente a été particulièrement complexe... Pour notre plus grand bonheur, nous avons appris que l'on attendait des filles, de vraies jumelles. J'ai toujours rêvé d'avoir des jumelles ! Deux petites princesses à leur papa et deux portraits crachés de leur maman !

Concernant Lucas, nous avons fait le choix de découvrir le sexe à la naissance. Je sais, vous allez vous dire comme je me disais au début : « Mais c'est impossible !». Et si, la preuve, nous l'avons fait ! Je dois avouer que c'était très dur de tenir. Mais la révélation du sexe a été tellement anecdotique... Un peu de patience, je vous la raconterai au moment de l'accouchement.

C'était amusant car pour chaque *gender reveal* il y avait deux équipes. Oui, je sais, c'est complètement normal car c'est le principe me direz-vous mais moi cela m'a amusé. Il y avait donc la *team* « fille » et la *team* « garçon ».

Certaines personnes avaient déjà leur intuition si je puis dire à partir des « mythes de grossesse » ... Des mythes dont tout le monde parle mais qui ne sont pas forcément fondés selon moi. Le fait que les femmes enceintes mangent sucré, le fait que leur ventre soit large, le fait qu'elles aient un visage terne signifierait pour certains que ces dernières portent une fille. Au contraire, le fait qu'elles mangent salé, le fait que leur ventre soit pointu ou encore que leur visage soit rayonnant indiquerait qu'elles sont enceintes d'un garçon. Je n'y ai jamais cru et je n'y croirais jamais…

On m'a également dit que le fait d'avoir des brûlures d'estomac présagerait que notre bébé allait être chevelu. Laissez-moi vous dire que pour Tommy, j'en ai eu de sacrées brûlures d'estomac et qu'il est sorti de mon ventre en étant chauve… Oui, totalement chauve ! D'ailleurs, j'ai eu un petit peu peur… Mais pas autant que lorsque Lucas est né. Au contraire, il était très chevelu et extrêmement poilu. Il avait même des poils dans les oreilles et dans le dos… Comment vous dire que j'ai directement demandé à toutes les sage-femmes et toutes les infirmières si cela était normal et surtout si cela allait rapidement tomber ! C'était assez impressionnant !

En continuant sur les commentaires relatifs à une grossesse, je peux vous dire que j'ai reçu pas mal de remarques également… Oh oui, des remarques dont nous nous passerions bien… Mais certaines personnes ne peuvent pas s'en empêcher… « Il était temps. », « J'en étais sûr, tu as grossi. », « J'avais deviné. », « Il est voulu ? », « Tu ne bois pas donc tu es enceinte ? » … La dernière remarque me fait particulièrement rire car ce sont des personnes qui ne me connaissaient pas suffisamment étant donné que je ne bois jamais d'alcool...

Pendant la grossesse, nous passions de rendez-vous en rendez-vous médicaux. Je me souviendrai toujours des premiers rendez-vous concernant Tommy. On m'a posé une question qui m'a fortement touchée et travaillée, la voici : « Voulez-vous garder votre bébé ? ». Je me suis sentie jugée et incomprise mais j'ai répondu fièrement : « Oui, je le veux ! ».

Patrice non plus n'a pas été épargné... Il a eu le droit à une remarque qui m'a particulièrement blessée, et sachez qu'il ne faut absolument pas blesser une femme enceinte ! Des personnes ont osé lui dire « Tu as juste mis la graine ! ». Oui, certaines personnes ont osé dire cela...

Il n'a peut-être « juste mis la graine » mais il a mis la plus belle des graines de l'univers et du monde entier, pardon je dirais même les plus belles graines. Je ne comprendrai jamais ce genre de personnes qui jugent sans cesse la grossesse des autres ou se permettent des remarques déplacées comme « Tu n'es pas enceinte par hasard ? ». Cette personne a-t-elle déjà pensé au fait que cette personne n'était peut-être pas enceinte ou simplement qu'elle ne pouvait pas être enceinte...

Pour Tommy, lorsque l'on m'a annoncé que j'étais enceinte, j'ai mis du temps à réaliser. J'avais peur d'être jugée et de me faire réprimander par mes parents... J'avais peur de « gâcher » l'honneur de la famille en étant enceinte si jeune. Heureusement, ma famille a été très bienveillante et m'a soutenue durant toute ma grossesse. Concernant la grossesse de Lucas, j'ai explosé de rire en voyant le résultat. Je n'y croyais pas ! J'étais au bord de l'évanouissement. J'ai tout de même vérifié avec un test de grossesse et une prise de sang.

Lors de l'échographie de datation des filles, j'étais seule car je pensais que j'y allais juste pour dater la fin de ma grossesse. Figurez-vous que ce n'était pas réellement le cas. C'était également l'annonce de mes jumelles. Le gynécologue m'a alors dit « Je crois qu'il y en a deux. ». À ce moment-là, c'était un premier choc. Il a également ajouté « Nous allons vérifier s'il n'y en a pas un troisième qui se cache… ». Une chose est sûre c'est qu'avec mon gynécologue, nous n'avons absolument pas le même humour… Il m'a également annoncé que mes jumelles étaient des monozygotes c'est-à-dire qu'il s'agissait de vraies jumelles.

La grossesse que j'ai finalement préférée est ma grossesse gémellaire car c'est un temps de grossesse optimisé ! Et oui, il n'y avait pas besoin d'attendre deux fois neuf mois pour avoir deux bébés, en neuf mois nous en avons deux pour le prix d'un ! Fabuleux n'est-ce pas ? C'était aussi un travail d'équipe entre les parents et une organisation plus importante. Il fallait noter les différents rendez-vous, les différentes informations que le pédiatre demandait …

Les séances de préparation à l'accouchement sont d'une grande aide. Elles permettent de mieux comprendre les étapes de la grossesse et de l'accouchement. Durant ses cours, j'ai pratiqué des exercices de relaxation et de respiration (qui ne sont pas toujours évidents à mettre en application), on m'a également expliqué l'anatomie (car oui, nous ne la connaissons jamais assez). On m'a aussi présenté les signes montrant que c'est le moment d'aller à la maternité (je ne les ai pas tellement attendu pour y aller mais j'y pensais souvent). J'y ai appris quelque chose de réellement important que je n'ai cependant jamais réussi : comment gérer mon stress.

Beaucoup de personnes parlent également du test du diabète gestationnel aussi appelé HGPO. Il s'agit de l'injection buccale d'une quantité de glucose en cinq minutes top chrono agrémentée par plusieurs prises de sang : une avant la prise de glucose, une au bout d'une heure et la dernière au bout de deux heures. C'est un mélange écœurant et immonde à boire en plus de cela, je déteste les piqures donc pour résumer : j'ai très mal vécu ce test.

Est-ce que nous pouvons parler de notre ventre quand notre bébé bouge ? Il s'agit d'une sensation si étrange la première fois, puis après cela devient vite amusant ou inquiétant quand ce dernier ne bouge pas. Mais alors, être enceinte de deux bébés en même temps, les sentir bouger dans son corps, c'est juste impressionnant ! Notre ventre prend une forme assez spectaculaire et bizarre, si je puis dire, lorsque les deux bougent en même temps. En effet, je ressemblais curieusement à un oursin... Je ne vais pas vous décrire la situation car je pense que vous l'imaginez déjà : Tatiana l'oursin !

Préparer la naissance de son enfant, c'est également devoir trouver un prénom que l'on affectionne et qui s'accorde avec le nom de famille. Cela nous évitera des situations assez embarrassantes voire même burlesques. Vous souhaitez des exemples ? Appelez son enfant : Adam Trouajour, Anne Halles, Candy Raton, Kelly Diot...

Trouver un prénom pour un bébé ce n'est pas une mince affaire mais imaginer devoir trouver deux prénoms pour des jumelles... Nous avons mis un temps fou pour nous décider sur leurs prénoms respectifs.

Au début, nous nous cassions clairement la tête pour trouver des prénoms qui allaient ensemble. Je ne sais pas pourquoi, mais pour moi avoir des jumeaux c'était avoir des prénoms qui se ressemblaient... C'est peut-être dû au fait que j'ai connu des jumelles ayant quasiment le même prénom : Elisa et Elysia.

Je me rappelle encore de ces deux petites filles, c'était les portraits crachés l'une de l'autre. Même leurs parents avaient du mal à les reconnaître. Quand nous en appelions une, ce n'était jamais la même qui répondait présente. Elles étaient particulièrement contentes lorsqu'elles parvenaient à embrouiller leurs proches.

Pour éviter cela, nous avons décidé de choisir chacun un prénom féminin et de l'attribuer à une de nos filles. Je trouve cela bien judicieux car maintenant qu'elles ont chacune leur propre caractère et leur propre personnalité je trouve que chacune porte très bien son prénom.

Préparer l'arrivée d'un bébé et donc sa naissance c'est se perdre dans les rayons de puériculture… Nous nous demandons sans cesse « Quelle taille prévoir pour bébé ? ». Nous finissons par nous retrouver avec une quantité astronomique de vêtements ou de babioles pour le premier bébé et généralement le minimum pour le dernier… Excuse-moi Lucas, te concernant, nous n'avons pas fait énormément d'achats. Cela a bien un avantage d'avoir eu trois autres enfants avant toi !

Pour chacun de mes enfants, mes proches me demandaient une liste de naissance. Il y en avait toujours un qui râlait, toujours ! Soit c'était trop cher, soit ce n'était pas assez cher, soit il voulait changer de modèle… Cela ne leur allait jamais !

Personnellement, lorsqu'il y a une naissance dans ma famille ou chez mes proches, je ne me fis jamais à la liste de naissance, j'offre ce que j'ai envie d'acheter.

Concernant les achats pour bébé, il faut penser à tout sans faire forcément trop de craquages… Je vais vous faire une petite liste de ce que nous avons pu acheter cela vous donnera des idées ! Je me souviens encore de ce que j'ai acheté en tout premier. Ce sont des bavoirs avec de jolies petites écritures assez amusantes. Oui, mon bébé avait mon grain de folie accroché sur lui, enfin sur ses vêtements.

J'ai également acheté les biberons accompagnés de leur fabuleux égouttoir, son goupillon et de son chauffe biberon. Je me suis servie de ce dernier qu'une seule fois car après c'était direction le micro-ondes ou direction la casserole d'eau bouillante… Je ne sais pas si des personnes vont se reconnaître dans ce que je dis mais, pour moi utiliser le goupillon c'était tellement satisfaisant au début. Mais à la fin, c'était devenu carrément lassant…

Une amie m'avait acheté un tapis d'éveil avec un mobile sonore incrusté. La musique était si barbante et entêtante que j'ai rapidement enlevé les piles… J'avais la musique en tête tout le long de la journée et c'était impensable !

Faire les courses pour un bébé c'est aussi prévoir les accessoires d'entretien comme le mouche bébé… Je ne vais pas vous faire un schéma mais je n'ai jamais réellement réussi à l'utiliser convenablement sans qu'il y ait un petit souci. Quand cela remonte c'est nettement moins *fun* !

Poursuivons nos achats, avec la fameuse poussette ! Il y a tellement de modèles que nous ne savions pas laquelle choisir. Pour Tommy, il fallait une poussette qui n'était pas trop encombrante, facilement manipulable, évolutive, pliable et pouvant s'adapter à toutes les situations et tous les terrains. Heureusement que mes parents étaient là pour nous aider à la choisir !

Puis, pour les jumelles nous avons dû investir dans une poussette de compétition ! Nous ne voulions pas une poussette avec un enfant à l'avant et un enfant à l'arrière car nous nous demandions sans cesse « Laquelle mettre devant ?». Non, le choix a été très rapidement fait : nous voulions une poussette pouvant mettre les jumelles l'une à côté de l'autre. Cela nous a valu quelques galères comme le fait de ne plus pouvoir passer partout...

Il y a plein d'autres accessoires ou vêtements que nous avons achetés pour chacun des enfants mais je ne vais pas vous les lister sinon cela fera beaucoup trop long.

Étant enceinte de jumelles, je dévalisais littéralement le rayon pour bébé et les personnes pouvaient croire que je réalisais un braquage du rayon ou que je travaillais en crèche alors que non, j'avais juste deux bébés. Je connaissais toutes les promotions spéciales bébé, vive les économies ! Je ne vous parle pas de la quantité de couches, de biberons, de bodys, de pyjamas que nous avions à la maison... Une vraie usine pour bébés !

Préparer la naissance c'est aussi faire le choix entre l'allaitement et la prise de biberons... Je ne comprendrai jamais les personnes qui sont absolument contre l'allaitement. Pour aucun de mes enfants je ne les ai allaités mais cela n'est pas par dégoût ou par crainte du jugement extérieur mais simplement car je voulais intégrer Patrice aux repas, souvent épiques. Choisir entre allaiter ou donner le biberon est un choix personnel qui doit être respecté par chacun.

Bref, une multitude d'achats, de choses à gérer, des rendez-vous pour préparer la naissance et l'accouchement.

Commençons à aborder l'accouchement en évoquant la perte des eaux ou plutôt la réaction après la perte des eaux. Lors de mon premier accouchement, dès que la poche des eaux s'est rompue, je n'ai jamais été aussi rapide ni Patrice d'ailleurs… En effet, j'ai accouché de Tommy deux semaines avant le terme et précisément un samedi.

Patrice était à un déménagement à plus d'une demi-heure de la maison lorsque j'ai commencé à ressentir de plus en plus de contractions. Il n'a pas réfléchi plus longtemps, il a posé les cartons et laissé l'emménagement de ses amis. Une fois arrivé, ni une, ni deux nous sommes partis à la maternité.

Concernant mon accouchement pour les filles, j'étais déjà hospitalisée. En effet, après avoir été alitée je me suis retrouvée hospitalisée pour retarder au maximum la prématurité. Les filles sont nées à trente-deux semaines d'aménorrhée, nous avons donc passé la grande prématurité pour mon plus grand bonheur ! Il faut savoir que la prématurité est un environnement stimulant provoquant un fort stress pour les bébés comme pour les parents.

Quand nous avons qu'un seul enfant, le stress est, je pense, moins intense mais dans notre cas, avec nos deux filles en prématurité et sous couveuses je ne vous laisse même pas imaginer notre état de stress. Étant de nature très anxieuse, je ne sais même pas comment j'ai fait pour tenir le coup.

Il faut savoir que lorsque des nourrissons sont prématurés, il ne faut pas trop les stimuler en même temps c'est-à-dire qu'il est préférable de ne pas leur parler, les caresser, les regarder en même temps. J'ai appris cela en lisant des livres. Ce qui est le mieux pour eux c'est la peau à peau. En effet, cela permet de stabiliser la température corporelle de l'enfant, de stabiliser sa respiration et son rythme cardiaque, de diminuer le stress parental, d'augmenter le sentiment de comportement parental et pour finir de diminuer les pleurs et les sensations de douleur.

Les derniers moments avant l'accouchement de Lucas ont été très longs. En effet, ce dernier s'est fait désirer… Le jour de la date prévue d'accouchement, j'ai eu de petites contractions mais ce n'était pas des contractions de travail. J'ai beau aimer être enceinte, je ne me voyais pas garder Lucas plus longtemps que cela !

J'ai tout essayé. Que ce soit les fameuses rotations sur le ballon, les fleurs de framboise en infusion, le nettoyage à fond de toutes les vitres de la maison, le fait de faire à fond le ménage ou encore de marcher… Rien n'y a fait.

Certains de mes proches m'ont conseillé de continuer d'avoir des rapports car soi-disant cela provoque des contractions… Je ne vais pas vous cacher que cela n'est absolument pas mon truc, cela me dégoûte même au plus haut point !

C'était une fin de grossesse juste interminable. Déjà que les autres grossesses étaient longues mais alors celle-ci… Il a tout de même attendu que mon grand coup de ménage et de désencombrement de la maison soit terminé pour commencer le travail.

C'était peut-être un bébé très minutieux et organisé qui attendait juste que ses parents finissent de bien préparer son arrivée. Et me concernant, j'étais simplement une maman qui attendait désespérément et avec impatience son enfant et qui faisait tout pour déclencher le travail… Nous nous sommes bien trouvés !

Pour Lucas, je n'étais pas si inquiète que cela car je savais ce que c'était… Pas de panique, j'ai eu le temps de prendre mon petit bain et d'aller tranquillement à la maternité. Je vous rassure je n'ai pas accouché dans la voiture mais bien à la maternité.

Je me rappelle encore de mon arrivée à la maternité pour Lucas. Deux jours après la date prévue d'accouchement, j'ai perdu les eaux devant la maternité.

Lorsque nous sommes arrivés, des personnes me faisaient des signes du genre « Eh oh, ça coule ! » et certaines m'ont même dit « Je crois que… » et j'avais une furieuse envie de leur répondre « Oui je sais, je ne me fais pas pipi dessus ! ». Je n'arriverai jamais à comprendre ce genre de personnes. Je sentais bien que je perdais les eaux mais les personnes avaient l'air beaucoup plus angoissées que je ne l'étais.

Il va falloir m'expliquer pourquoi il y a une énorme différence entre les films et la réalité… Non, sérieusement pour moi lorsqu'on arrive dans la salle d'attente à la maternité c'était comme dans les films : nous arrivons sur un brancard en étant accompagnée de beaux sapeurs-pompiers qui tirent le brancard et les portes s'ouvrent immédiatement et cetera et nous passons directement en salle de travail… Mais là, la réalité était toute autre. J'ai dû attendre en salle d'attente…

De la même manière, lorsque nous avons des contractions et que nous perdons les eaux, dans les films la femme est tranquillement en train de boire un verre avec ses amis puis subitement elle perd les eaux. Sans aucune once de panique, elle vérifie qu'elle perd bien les eaux puis appelle son mari pour aller tranquillement à la maternité.

Pour tout vous dire, pour Tommy j'ai légèrement abusé des allers-retours à la maternité. À la moindre douleur ventrale ou à la moindre contraction nous voilà partis direction la maternité. J'ai fini par comprendre qu'il fallait attendre le bon moment à force de me faire renvoyer chez moi. J'étais plus qu'impatiente !

De la même façon, dans les films, la femme accouche toujours très rapidement. Elle n'a aucune crainte, aucune douleur et se sent soulagée après l'expulsion ou du moins l'accouchement. Elle est souvent également bien coiffée, maquillée, non souffrante et le bébé sort en une à deux poussées.

Au contraire, dans la réalité, accoucher rime plutôt avec souffrance, avoir le droit ou non à la péridurale, observer et analyser l'immense aiguille s'approcher de notre dos, stresser intensément… Physiquement, nous jonglons entre les coups de chaud et les coups de froid en hurlant sur tout le monde et en perdant toute la dignité qui nous restait.

Dans les films, le bébé sort très rapidement et apparaît tout propre. En réalité, les bébés sortent fripés, si je puis dire, recouverts d'un liquide visqueux et couverts de sang… Heureusement qu'il s'agit de notre enfant car je ne sais pas comment j'aurais réagi si on m'avait posé un bébé comme cela sur moi sans que ce soit mon fils ou ma fille.

De la même manière, je pense que, comme toutes les mamans et tous les papas, lors de l'accouchement nous avons une montée de stress au moment d'entendre le premier cri de notre enfant. Dans les films, l'enfant crie dès qu'il sort mais en réalité il y a des fois où il faut attendre un peu de temps… Dès que nous entendons le premier cri de notre enfant, des larmes de joie coulent sur notre visage et notre vie prend un tout autre tournant : nous devenons parents. C'est le début d'une nouvelle vie !

Laissez-moi vous raconter la naissance de Lucas qui fut tellement anecdotique. Comme je vous l'ai précédemment dit, nous voulions découvrir le sexe seulement au moment de la naissance. Je ne voulais pas que ce soit les sage-femmes qui me l'annoncent mais mon mari. Au moment où Lucas est sorti j'ai directement dit à Patrice : « Qu'est-ce que c'est ? ».

Il me regarde tout ému et me répond le plus sagement possible : « Un bébé mon amour ! On a un bébé ! ». Comment vous expliquer que je suis partie en fou rire accompagnée par la sage-femme. Merci Patrice pour ce moment épique ! Je vous rassure, il a finalement fini par m'annoncer que notre enfant était un garçon. Je pense qu'on ne peut pas mieux faire que Patrice. On va dire que c'était sous le coup de l'émotion… Enfin j'espère !

Lucas, c'était le bébé qui ne voulait pas sortir et qui se faisait tellement désirer que ce soit pour la date prévue d'accouchement et pour le moment de sortir de mon ventre. Le personnel qui s'occupait de mon accouchement a dû faire sortir Lucas avec la ventouse. C'était du moins ce qui était prévu initialement car Lucas avait tellement de cheveux que la ventouse ne s'accrochait pas… Ils ont donc dû utiliser les forceps qui m'ont causé une déchirure. Mais bon… C'est la loi de la vie …

La naissance de Tommy a également été principalement anecdotique au moment de couper le cordon. Mon mari était tellement stressé à ce moment-là qu'il était à la limite du malaise. Il a tenté, en vain, de faire bonne figure mais la sage-femme l'a finalement aidé... Pour les autres accouchements, curieusement, il faisait la demande de couper le cordon lui-même.

On parle souvent de la maman mais lors de l'accouchement le rôle de papa est primordial. Pour Tommy, il avait les yeux rivés sur le monitoring et criait de temps en temps « Attention, la contraction est là ! » ... Il pensait sincèrement que je ne sentais absolument rien ?

Toujours pour la naissance de Tommy, la sage-femme lui avait demandé de bien m'humidifier le visage. Je ne sais pas pourquoi, il est resté appuyé sur le brumisateur... On lui avait juste demandé de m'humidifier et non de me noyer !

Lorsque j'ai accouché de Lucas, je me souviendrai toujours d'un échange que j'ai eu avec une sage-femme. Elle m'a dit « Il est sorti comme une lettre à la poste ! » et moi sans réfléchir je lui ai répondu « Oui, enfin plutôt comme un colis que nous galérons à faire sortir de la boîte aux lettres ! ». Sur le coup j'ai perdu tout mon côté glamour mais mon honnêteté a pris le dessus !

Au moment de la sortie de la maternité, pour chacun de mes enfants j'avais prévu « the » tenue. Je ne sais pas pourquoi, sûrement car la plupart des parents le font, mais je les avais très bien habillés. Assez contradictoire quand nous voyons qu'à la maison ils étaient souvent en pyjama. Mais au moins, au moment de rentrer à la maison nous avons pu immortaliser notre retour en faisant de fabuleuses photos de famille.

Je craignais les rencontres avec les animaux mais ces dernières se sont faites tout en douceur. Peut-être est-ce dû au fait que les animaux avaient déjà senti l'odeur du nouveau-né sur nos vêtements. Je ne sais pas, j'ai essayé cette technique que j'avais vu sur internet. Je ne saurais pas vous dire si cela fonctionne réellement ou non mais les rencontres entre nos animaux et les enfants ne pouvaient pas être mieux.

De retour à la maison, c'est le début de notre rôle de parents sans aucune aide du personnel hospitalier. Il s'agit d'un moment très stressant d'autant plus lorsqu'il s'agit de notre premier enfant. Pour rassurer les mamans, sachez que l'instinct maternel prend vite le dessus.

Nous disons souvent que l'odeur du bébé est quelque chose de très agréable. Oui je veux bien l'entendre mais cela dépend du contexte. Il y a des moments où nous n'aimons pas particulièrement l'odeur, notamment lorsque la couche a légèrement débordé ou que le bébé est couvert de rejets…

De la même manière, lorsqu' un bébé sort du bain dans sa magnifique cape de bain ou dans sa petite serviette où il est emmailloté, sur la plupart des vidéos, nous trouvons le bébé tout mignon. Et bien chez nous, je ne sais toujours pas pourquoi, c'était agrémenté de pipi ou caca sur les parents et du coup notre enfant reprenait de nouveau un bain. Bienvenue dans le monde de la maternité et de la paternité !

Je dois avouer que les moments que j'ai préférés, notamment avec Lucas, ce sont les massages. Je trouve que c'était un moment de réel partage et de douceur où nous nous mettions, le temps d'un instant, dans notre bulle avec notre enfant. Le voir nous regarder avec un regard attendrissant et sentir nos mains caresser son corps, je trouve cela tellement mignon. Je suis certaine que ce genre de moment tisse un lien encore plus fort entre le parent et son enfant. De plus, les massages favorisent la digestion, soulagent les coliques et libèrent les tensions lorsque le bébé est agité…

Ces moments finissaient toujours ou très régulièrement par des bisous et des petites chatouilles sur son ventre. Lucas finissait toujours par rire aux éclats pour mon plus grand bonheur !

Être parents de jumeaux c'est également avoir affaire à des réflexions notamment du type « Comment tu fais pour les nourrir ? » ou « Tu ne te trompes pas en donnant deux fois au même bébé et rien à l'autre ? ». Une remarque à laquelle j'ai envie de répondre « Bah si bien sûr comme je ne sais pas lequel à qui j'ai donné à manger. Je les nourris un jour sur deux. C'est bien un jour sur deux non ? ».

Non mais sérieusement, des fois il va falloir que les personnes réfléchissent avant de parler et de poser ce genre de questions.

Avoir des jumeaux c'est par moments, voire tout le temps, donner deux biberons en même temps. Pour vous donner un exemple concret, cela représente environ seize biberons par jour. Et oui, en effet, étant donné que c'est huit biberons par enfant et par jour, on multiplie par deux cela fait seize.

Avoir des jumeaux c'est devoir tout faire en double et rêver d'avoir plus de bras. C'est également ne plus avoir de sac à langer mais une valise à la place tellement nous avons des choses à transporter.

Une autre réflexion : je ne sais pas si vous êtes comme moi mais lorsque je suis dehors avec mon enfant, notamment un nourrisson, je suis tout d'un coup inexistante : il n'y a que des regards pour mon bébé. Je trouve que le pire dans tout cela, c'est les personnes qui nous posent cette fameuse question (quand ils la posent) : « Est-ce que je peux les toucher ? » à croire que l'on se promène avec nos animaux... Non ! Ce sont des êtres humains en poussette tout simplement ! Ce ne sont pas des objets récréatifs ni des animaux ! Je trouve cela réellement hallucinant que des personnes se permettent ce genre de questions. Certes mes enfants sont magnifiques mais en aucun cas un inconnu peut les caresser. J'hallucine !

Je me rappelle encore du moment où j'ai fait mon premier biberon. Je n'avais qu'une obsession : le réussir ! J'ai donc suivi à la lettre ou plutôt au millilitre près les instructions. Je voulais être certaine de ne pas le rater. Comment vous dire que maintenant, enfin lorsque Lucas prenait encore le biberon, je les faisais plutôt à vue d'œil. En effet, avec quatre enfants dont des jumelles, j'ai une sacrée expérience !

J'ai réalisé des photos originales de la première année de chacun de mes enfants. Vous connaissez les fameuses cartes étapes, sauf que je n'avais pas envie d'avoir des cartes toutes faites… J'ai donc cherché des idées et j'ai réalisé des photos avec mon enfant (logique) et des éléments formant le chiffre du mois. Oups, j'ai l'impression de ne pas être très compréhensible… Laissez-moi vous expliquer plus en détails.

Par exemple, pour la photo du premier mois de Lucas, j'avais disposé des clémentines qui formaient le chiffre un et chaque mois j'ai changé d'éléments. Comme vous me connaissez bien, bien sûr chaque tenue de mon enfant était assortie à l'élément disposé.

Je me rappelle encore de la première année de Tommy… J'étais sans cesse stressée, oui encore une fois, notamment à chaque fois qu'il pleurait. Je me questionnais sans cesse « Pourquoi ? », « Mais qu'est-ce qu'il a ? », « Il a mal ! », « Il a faim ! » … Une succession de questions dont je n'avais pas les réponses.

C'est vraiment difficile de comprendre son enfant lorsqu'il pleure et parfois, voire même souvent, nous nous sentons impuissants... Mais au fur et à mesure de mes grossesses et de mes enfants j'ai appris à comprendre leurs pleurs.

Lorsque nous sommes maman, il faut laisser le papa trouver sa place dans la bulle que nous avons construite avec notre enfant. En effet, le papa a un rôle primordial car il est là pour nous épauler pendant la grossesse, durant l'accouchement et même après... Et non, il ne met pas que la graine ! J'ai toujours fait en sorte que Patrice ait des moments privilégiés avec chacun de ses enfants comme les soins, le bain, les massages, les rituels du soir...

Je dois tout de même avouer qu'au départ j'épiais chacun de ses gestes et de ses mouvements avec les enfants... Pour vous rassurer, ma surveillance a diminué de grossesse en grossesse. Ce qui est bien normal, il a pris de l'expérience le pépère !

Être parents c'est également réaliser des prouesses ! Oui, j'ai bien dit des prouesses. Vous savez lorsque vous arrivez à faire quelque chose sans réveiller votre bébé ou encore lorsque vous préparez le biberon à une main. Les prouesses du papa sont les mêmes avec en prime le chargement du coffre !

Être parents c'est également dormir sans dormir profondément pour entendre notre enfant durant la nuit. Lorsque nous ne l'entendons plus, nous nous inquiétons subitement et nous allons nous pencher un nombre incalculable de fois au-dessus de son lit pour vérifier qu'il dort bien et qu'il respire encore.

De la même manière, lorsqu'il a un sommeil moins profond, nous avons la peur de bouger et qu'il se réveille. J'avoue aussi qu'il m'est déjà arrivé de faire semblant de dormir pour que ce soit Patrice qui se lève.

On me disait souvent : « Dors avant d'accoucher, tu ne dormiras pas après ! » … Je peux vous assurer que c'est vrai. Il faut bien écouter et prendre conscience de cette fabuleuse phrase. On m'a également dit « Dors quand bébé dort ! » sachez tout de même que cela risque d'être compliqué : cela signifie donc s'endormir dans n'importe quelles conditions et positions. Oui car quand bébé s'endort nous ne sommes pas forcément dans notre lit ou dans un endroit confortable…

Je ne préfère pas m'endormir au même moment que bébé surtout lorsque je jardine. Le fait de se réveiller la tête dans la terre ce n'est pas forcément une chose que j'apprécie !

Il faut avouer que même si une grossesse a été compliquée, nous avons toujours envie de recommencer car ce sont des moments magiques où la famille s'agrandit. Il faut se dire que ce n'est pas forcément facile mais que cela en vaut la peine.

Ne regardez jamais sur Internet des souvenirs d'accouchement ou encore des témoignages. Si vous voulez prendre peur, faites-le mais sinon ne le faites pas. Il faut savoir que personne ne vit le même accouchement même au sein d'une même famille. La preuve, mes quatre accouchements ont été totalement différents comme pour mes grossesses d'ailleurs.

On me dit souvent que je suis une maman poule mais je dirais plutôt que je suis une maman merveilleuse sans vouloir me lancer des fleurs. Oui je suis une mère veilleuse. Je veille à chaque besoin de mon enfant… Lorsque j'étais plus jeune, j'avais écrit un texte pour ma maman et je souhaitais vous le partager. Le voici :

Maman :

Un jour on m'a demandé de qui j'étais la plus fière et j'ai répondu sans une seconde de réflexion « ma maman ».

Pourquoi ?

La réponse est toute simple, parce que tu n'as pas cessé de me tenir la main, de me conseiller, de me mettre sur le bon chemin.

C'est à toi que je dois tout.

C'est grâce à toi que je suis là aujourd'hui, c'est toi qui m'as mise au monde. Depuis la première seconde où j'ai pointé le bout de mon nez, tu n'as pas cessé une seconde de m'aimer et

de croire en moi. Même avant ma naissance je t'aimais si fort maman.

De mes pleurs enfantins à mes crises d'adolescence, tu m'as soutenue et je sais que je ne suis pas si facile. Sans toi je ne sais pas ce que je ferais…

Tu m'as appris à marcher, à manger, à parler, tu m'as fait connaître la joie de vivre et l'amour que je te porte ne cesse d'évoluer… Je ne pourrai jamais autant te remercier pour tout ce que tu as fait et feras pour moi.

Tu es une personne extraordinaire, une maman en or. Je te dois toutes les richesses du monde car tu es un trésor à toi toute seule. Le trésor qui illumine ma vie.

Il y a une chose qui m'impressionne chez toi c'est ta force et ta détermination car toutes les épreuves de la vie, tu les as surmontées haut la main. Grâce à toi j'avance avec le sourire et quand mon sourire s'efface pour laisser place aux larmes, je pense à toi et mes larmes s'arrêtent.

Malgré les prises de tête je t'ai aimé, je t'aime et je t'aimerais.

Je ne te le dis pas assez souvent mais je t'aime maman, ah maman, si tu savais à quel point je t'aime.

Une maman est une personne qu'on aimera toujours plus que tout au monde car n'oublie pas que sans elle tu ne serais pas là.

Il est beau ce texte n'est-ce pas ? Oui, je sais, je suis assez douée, vous n'avez pas besoin de me le dire plusieurs fois !

Je crois que ce chapitre touche à sa fin mais ayant encore beaucoup de souvenirs en famille à vous partager je vous invite à me rejoindre au prochain et dernier chapitre !

7 - Les souvenirs en famille

Bienvenue dans ce dernier chapitre où je vais vous partager mes souvenirs en famille. Cela fait un peu trop, comme l'ouverture d'un journal télévisé ou encore comme le début d'un documentaire... Qu'est-ce que je fais donc ? Je ne suis tout de même pas en train de présenter le journal bien que ma vie puisse être un feuilleton télévisé.

Ah les soirées cinéma en famille ! Ce sont de fabuleuses soirées pour moi. Je me rappelle encore, lorsque mes parents étaient invités ou assistés à un spectacle, qu'avec mon frère nous allions acheter plein de bêtises à manger et boire et que nous regardions des vidéos ou des films à la télévision. Ces souvenirs d'enfance qui se transformeront également en souvenirs d'enfance pour mes enfants. Oui, j'aime ces moments simples en famille à regarder la télévision tous ensemble. Il faut admettre que le film ne plaît pas forcément à tout le monde mais bon, il faut savoir faire plaisir aux autres pour se faire plaisir à soi-même. Belle phrase n'est-ce pas ?

Je vais vous dévoiler plusieurs souvenirs avec mon petit-frère ? Bien sûr, nous avons beaucoup de souvenirs ensemble chez mes parents. Un jour, il nous a conviés dans sa chambre pour nous montrer un spectacle qu'il était très fier de nous présenter. Il imitait un super héros ayant des pouvoirs pour voler. Comment vous expliquer... Il a sauté de sa chaise de bureau jusqu'à son lit en mimant qu'il volait !!! Autant vous dire qu'il a très bien compris qu'il ne savait pas voler, il est tombé la tête la première sur le rebord de son lit. Nous avons eu subitement très peur puis sa blessure nous a rapidement impressionnée car son front a gonflé d'un seul coup. Il avait une énorme bosse. Il n'avait pas le pouvoir de voler mais avait celui de se transformer en licorne. Presque un super-héros...

Je pense qu'il aime particulièrement la couleur bleue. Plus jeune, nous étions en train de jouer dans la véranda avec ma maman et mon frère. Ce dernier a fait tomber une poupée que nous avions nommée Alfred. Il était très jeune mais il faisait déjà de belles phrases. Très investi dans son jeu et surtout dans son rôle, il a pris un téléphone fictif et a appelé les pompiers. Jusque-là tout semblait normal, puis d'un coup il a sorti une phrase dont je ne me remettrai jamais : « Alfred, il est tombé avec les pieds et il est devenu tout bleu !». Je ne sais pas pourquoi mais avec ma maman nous sommes parties dans un fou rire interminable et à chaque fois que nous l'évoquons de nouveau nous repartons nécessairement en fou rire. Même en vous écrivant ce petit paragraphe j'en rigole encore !

Continuons les anecdotes avec mon frère. Lors d'un repas de famille, et plus précisément me semble-t-il d'un anniversaire, pendant lequel j'avais décidé de déguiser mon frère et mon cousin. Autant vous dire que je ne les ai pas loupés… J'étais déjà tellement créative quand j'étais jeune ! Tellement créative que je leur ai enfilé un t-shirt assez coloré de mon papa, un foulard de ma maman en mode bandoulière et un chapeau issu de différents déguisements. Si seulement je m'étais arrêtée là… Je les avais également maquillés avec un nez rouge fait au rouge à lèvres et des lunettes dessinées au crayon noir… Je suis certaine qu'ils s'en souviennent encore !

J'aurais bien aimé vous mettre une photo en plein milieu du livre mais cela aurait fait bizarre et je ne suis pas certaine qu'ils auraient également accepté !

Je revois encore les photos, assis tout fiers sur notre balancelle avec tout le monde qui les prenaient en photo. Toute la famille admirait mon travail ! Non, en réalité, tout le monde se moquait gentiment de moi ou d'eux ou ils étaient touchés par mon talent !

J'évoque mes souvenirs avec mon frère donc j'en profite pour vous partager un texte que j'avais écrit pour lui. Je trouve que nous avons une si belle relation ensemble et qu'il était important de lui dédier une place dans mon livre.

Petit frère

Un petit frère, c'est un ange tombé du ciel.

Ta naissance a bouleversé ma vie. Tu as fait de moi une jeune fille épanouie, une jeune fille remplie d'amour et de joie de vivre... Et cette joie, elle me vient de toi car tu es ma force au quotidien, ma raison de vivre...

Je suis la fille la plus heureuse du monde et c'est grâce à toi.

Je te vois tous les jours grandir et c'est pour moi un immense plaisir. Tu es passé de bébé à grand garçon débordant d'énergie et toujours souriant...

Comme tout frère et sœur on se dispute mais cela ne change en aucun cas l'amour que je te porte. Tu m'es indispensable...

On a une complicité exceptionnelle malgré nos années d'écart, on se comprend en un regard, on peut parler pendant des heures sans jamais s'ennuyer, on fait tout ensemble... Merci pour ces merveilleux moments que nous partageons tous les deux.

Quand tu n'es pas là, je ne suis pas moi. Il y a comme un manque en moi, oui un manque car quand tu n'es pas là : tu me manques...

Tu es la personne qui compte le plus à mes yeux avec papa et maman. Tu es une personne unique, mon petit protégé, mon oxygène, ma vie...

Tu es mon super-héros, ma fierté ! Mon frère !

Sans toi je ne serai pas celle que je suis aujourd'hui.

Je suis fière de toi dans tout ce que tu entreprends...

Sache une chose : je ne te lâcherai jamais et je serai toujours là pour toi dans n'importe quelle situation. Si tu as besoin de bras dans lesquels pleurer, si tu as besoin d'une aide, je suis là !

Oups j'ai oublié le principal : JE T'AIME !

Qu'est-ce que j'ai pu et je peux encore avoir des fous rires avec mon petit frère...

Avec mes cousins et mes cousines, nous adorions créer des spectacles ensemble pour les présenter à nos parents. Tout était prévu : les décors, les accessoires, les déguisements, les musiques... C'était des moments mémorables car nous pensions avoir de réels talents qui s'avéraient en réalité être tout sauf des talents. Entre les chansons, les danses, les parodies... Mais comment vous expliquer notre fierté à la fin de chacune de nos représentations de voir nos parents nous applaudir. C'était notre plus belle réussite !

Depuis petite, avec mon grand-père nous avions une « tradition » que nous avons nommée : l'atelier du rire. Le principe était simple : tous ses petits enfants se mettaient en cercle et nous rigolions à haute voix tous ensemble. C'était un moment où tous les rires étaient contagieux.

Qu'est-ce que j'apprécie ces moments-là, ces moments où tout le monde s'esclaffe ensemble. Cela fait énormément de bien, vous devriez essayer.

En vacances, mes enfants adorent faire des représentations de fin de semaine sur scène. Un jour, Alicia faisait un spectacle avec ses autres camarades. Jusque-là tout allait bien ! À un moment, plusieurs enfants se sont mis à pleurer sur scène. Qu'a pu bien faire ma fille ? Elle s'est également mise à pleurer à chaudes larmes ! Patrice est alors monté sur scène pour la consoler.

Le spectacle ne s'est pas pour autant arrêté, il s'est donc retrouvé au beau milieu de petits indiens… Il a essayé, tant bien que mal, de consoler sa fille puis il a dû faire les chorégraphies avec les animatrices. C'était tellement mignon car Alicia suivait les pas de son papa. En gros timide qu'il est, il était mis en lumière. Il n'avait pas eu le choix de devenir la vedette du spectacle. Sans compter sur sa merveilleuse femme qui hurlait « Bravo chouchou ! ». Je l'admets, je lui mettais encore plus la honte mais j'adorais cela ! Je suis un peu machiavélique. Il faudrait que je retrouve les vidéos... C'est dommage que je ne puisse pas non plus vous les partager. Pour le plus grand bonheur de Patrice !

Lors des cinquante ans de ma maman, j'avais décidé d'écrire sur chaque front des enfants une lettre pour y former un message une fois tous les enfants alignés. Le message était « Joyeux anniversaire ! ». Je ne vous parle pas du temps que j'ai mis pour maquiller dix-neuf enfants. J'avais tout programmé : la descente de l'escalier, le maquillage, qui avait quelle lettre mais cela a dérapé à un détail près : je n'avais pas assez précisé à côté de qui chaque enfant devait se mettre lorsqu'ils descendaient en bas. Oui, je sais que nous ne pouvons pas descendre en haut !

Bref, arrivés devant les invités et devant ma maman, les enfants se sont placés mais cela ne formait pas le fameux « Joyeux anniversaire ! » ... Comme on me l'a dit, c'était l'intention qui comptait. Mais bon, j'aurais également voulu et préféré que le résultat compte.

Quand j'étais jeune, dans notre famille, nous avions une petite tradition : partir tous ensemble en vacances. Quand je dis tous ensemble, ce sont les grands-parents, les frères et sœurs et les enfants. Pour l'expliquer plus simplement cela revient à ce que les grands-parents partent en vacances avec leurs enfants et leurs petits-enfants. Je ne vous laisse même pas imaginer à quel point ces vacances sont intenses... Et oui, par exemple lorsque nous sommes de corvée « cuisine ». Je me rappelle encore une fois avoir voulu faire des bricks avec mon cousin et ma cousine pour toute la famille.

Entre les courses, la préparation du repas et les montages des bricks, cela nous a pris toute une après-midi. Je me souviens encore de voir ma maman descendre les escaliers et dire « On mange bientôt ?». Oui, les rôles c'était subitement inversés ! Ce n'était pas les enfants qui demandaient quand est-ce qu'on allait manger mais bien les parents… C'est de famille d'être gourmand. Ou disons plutôt peut-être que ma maman a des horaires de repas à ne surtout pas changer, ni retarder ! Vous savez, arrivé à un certain âge… Je rigole maman !

Ce que j'aime dans ces vacances en « grande » famille, ce sont les souvenirs que nous nous créons. Nous repartons toujours de ses vacances avec des souvenirs plein la tête, des photos anecdotiques et de choses à raconter…

Je ne sais pas si vous arrivez à prendre convenablement des photos en famille mais nous concernant, il y a toujours une personne qui bouge, qui ne regarde pas l'objectif, qui ne se trouve pas suffisamment belle, qui n'est pas présente au moment de la photo… Prendre une photo de quelqu'un s'avère être complexe mais imaginez-vous prendre une photo d'une quinzaine de personnes en même temps !

Je me rappelle encore avoir dû programmer le retardateur de l'appareil photo et courir pour être en place au moment où l'appareil photo se déclenchait… Autant vous dire que cela nous a valu des belles photos spéciales voire rater où l'on me voit en train de faire du sport, ce qui est rare ! Qu'est-ce que j'aime faire des photos en famille mais par-dessus ce que je préfère c'est de les regarder plus tard.

Pour certaines photos, nous nous sommes même amusés à les reproduire. Je trouve cela amusant de refaire des photos qui datent d'un certain temps. Cela demande parfois toute une mise en scène mais la comparaison des deux photos vaut souvent le détour. Comment vous dire que nous avons pris un sacré coup de vieux !

Et puis il y a ces photos, les photos où il manque un membre de notre famille… Ces photos que nous regardons en étant nostalgique mais avec un goût amer de ne plus revoir cette personne à qui nous tenons tant…

Après le décès d'un de mes proches j'avais écrit ce texte :

Tu me manques

N'as-tu jamais ressenti le manque d'une personne décédée ? C'est une sensation horrible à supporter et à vivre.

Tu as le sentiment de vouloir être près de cette personne durant un temps interminable. Mais malheureusement elle n'est pas là, à tes côtés, elle est loin physiquement mais mentalement elle est proche. Oui, elle reste malgré tout toujours présente et ancrée dans ton cœur.

Cette personne que tu aimerais tant serrer dans tes bras...

Tu es extrêmement triste qu'elle soit si loin de toi mais tu n'y peux rien, le destin en a décidé autrement...

Tu ne cesses de penser à cette personne en te disant « Reviens s'il te plaît, reste proche de moi... ».

Il y a des moments où tu te rappelles de tous ces instants magiques à côté de ce proche qui te manque tant, cette personne qui a occupé et occupera toujours une place si importante dans ta vie. Avec elle tu as vécu des moments si beaux... Tes souvenirs refont surface et te font penser à cet ange.

Quand le manque s'installe, tout autour de toi s'écroule.

Son absence a fait passer tes éclats de rire aux tempêtes de larmes sur tes joues. Quand nous apprenons cette nouvelle, nous passons d'une vie insouciante et heureuse à une vie sombre et perturbée qui peut devenir un véritable cauchemar. Cette vie sans cette personne peut s'avérer cruelle mais il nous faut rester fort(e) et garder la tête haute.

Nous avons cette impression que l'on nous arrache une partie de nous. Nous ne cessons de regarder les photos, les messages, se remémorer les moments passés avec cette personne...

Nous aimerions tous sauter cette étape de notre vie, effacer ces moments si dévastateurs... Nous aimerions tellement revoir cette personne une dernière fois, pouvoir la serrer dans nos bras et ne plus la lâcher...

À certains moments, nous regardons le ciel bleu en pensant à elle, cette personne qui est partie beaucoup trop tôt. Puis le soir, en revoyant le ciel nous apercevons une petite étoile qui brille et nous devinons de qui il s'agit.

Nous n'avons pas pu lui dire au revoir, elle est partie, la mort l'a emportée...

Quand nous repassons à un endroit où nous avions l'habitude de la voir, les souvenirs remontent aussi vite que la tristesse qui s'empare de nous irrémédiablement.

Quand cette personne part nous avons du mal à l'imaginer, nous ne cessons de nous répéter « C'est une blague ? Pourquoi elle ? Pourquoi maintenant ? ». Nous nous disons alors que l'individu si cher à nos yeux est sans doute parti dans un autre monde meilleur où il ne souffrira plus...

Nous disons toujours que les meilleurs partent les premiers ... Repose en paix.

C'était le dernier texte que je voulais vous partager dans ce livre... Un texte qui me touche particulièrement car il me fait repenser à toutes ces personnes parties trop tôt. Ces personnes que nous ne reverrons malheureusement plus... Je ne veux pas trop vous attrister avec ce passage qui est déjà très douloureux pour moi donc passons à la suite !

Revoir des photos de famille, c'est également revoir des coupes de cheveux que nous avons eues soit par un coiffeur plus ou moins expérimenté, soit par un membre de notre famille qui s'improvise coiffeur, n'est-ce pas papa ? Il y a une fameuse photo, d'un jour de l'an, où j'avais dû mettre un bandeau blanc pour couvrir mes cheveux. Pour certains, cela est anodin mais me concernant je sais ce qui se cachait derrière ce bandeau...

Mon père avait voulu réaliser une expérience capillaire en me créant une frange. D'une part, j'ai les cheveux qui bouclent assez rapidement et d'une autre part il n'avait sûrement pas acquis la notion de ligne droite ! Franchement, ma frange ressemblait étroitement à une ligne brisée... Il a inventé un nouveau type de frange : la frange escalier. Oui, vous avez finalement dû le comprendre, elle n'était carrément pas au même niveau de part et d'autre. C'est à ce moment-là que je me dis : vive les bandeaux !

Les souvenirs de famille sont aussi marqués par la spontanéité des enfants. Je me rappelle d'une fois où Tommy, d'un tempérament initialement si timide, nous avait littéralement scotchés. Nous étions dans un parc de jeux et nous avons salué une dame, cette dernière n'a pas pris la peine de nous répondre... Nous sommes partis jouer puis, je ne sais plus pourquoi, la dame est venue nous demander quelle heure il était. Sans m'y attendre, Tommy me regarde et me dit « La dame a une langue finalement ? ». La vérité sort bien de la bouche des enfants mais dans ce genre de situations, nous avons juste envie de creuser un trou et de nous y cacher...

Il y a aussi des moments où nous aurions préféré que notre enfant se taise... Un jour, nous avons croisé un monsieur ayant, disons, beaucoup de boutons sur le visage. Je ne sais pas pourquoi, ni ce qui lui est passé par la tête mais Tommy m'a dit « Ah maman, regarde le monsieur, lui aussi il a la varicelle ! ». En y repensant, pauvre monsieur il a dû se dire que j'éduquais mal mes enfants. Vous vous doutez bien qu'il ne s'est pas arrêté à une réflexion, il y a également eu : « Maman ? Le monsieur il attend un bébé ? » ou encore « Ah, il pue lui !». Ces moments si délicats où nous espérons du plus profond de notre cœur que la personne n'entende pas les remarques désobligeantes de notre enfant... Il m'a fait vivre de sacrés moments de malaise !

Je vous en ai déjà parlé mais en parlant d'odeur, je pense que comme la plupart d'entre vous, le fait de reconnaître une odeur me rappelle à chaque fois un souvenir particulier. Les odeurs me rappelant les beaux petits plats de mes grands-parents, les odeurs me rappelant les moments où je mangeais une glace en vacances, les odeurs me rappelant l'odeur qu'il y a chez un de mes proches... Bizarrement, les odeurs qui me rappellent des souvenirs d'enfance sont celles de la pâte à modeler et de la pluie.

Je ne sais pas pourquoi mais j'adore particulièrement ces deux odeurs. Ces dernières me rappellent tellement de beaux souvenirs, notamment à l'école maternelle où je m'amusais à sauter dans les flaques d'eau pour le plus grand bonheur de mes parents et de ma maîtresse.

De la même manière, l'odeur du barbecue, me fait par exemple penser à mes nuits passées à la belle étoile ou encore aux repas de famille où mon papy faisait son fabuleux barbecue avec ses tomates aux herbes ou les pommes de terre à la braise. Cette odeur me fait également penser à des moments en famille avec ma grand-mère au bord du feu de la cheminée. Ces moments où je m'installais dans le *rocking chair* et que nous parlions toutes les deux…

Vous avez sûrement dû le comprendre, je suis une personne pour qui la famille est très importante. Je suis également très attachée à mes souvenirs avec chacun d'entre eux. Je ne me voyais donc pas écrire ce livre sans partager avec vous quelques souvenirs avec les membres de ma famille.

Comme vous, lorsque je repasse devant des lieux que je connais particulièrement bien, cela me remémore des souvenirs. J'en ai même certains qui me reviennent en tête et qui se déroulent de nouveau à l'identique dans ma mémoire. J'adore par-dessus tout ce genre de moment car je revis à l'instant T ces souvenirs. Je suis souvent très nostalgique de ces moments-là ! Des moments qui m'ont fait grandir, qui m'ont forgée, qui ont fait de moi la personne que je suis aujourd'hui.

Pour moi, c'est important, je dirais même primordial de passer des moments avec chaque membre de notre famille ! Ce que j'apprécie particulièrement c'est le fait d'avoir mon petit moment à moi avec chacun de mes enfants chaque jour ! Des moments de partage, de joie, de bonheur... Des moments qui se transforment en magnifiques souvenirs inscrits pour toujours dans nos cœurs et dans nos têtes !

Pour Lucas, nous avons notre petit rituel. Le soir, après la lecture de l'histoire du soir, je l'endors en lui faisant des dessins dans le dos qu'il doit deviner. Certains soirs, cela dure juste cinq petites minutes, mais à d'autres moments cela peut durer une éternité. Oui, je parle du moment où il souhaite absolument deviner ce que j'ai talentueusement dessiné dans son dos. Il aime également lorsque je lui fais des papouilles, dans le dos ou dans les cheveux. Il tient bien cela de sa maman !

J'adore les papouilles et les câlins, cela me procure des frissons et je m'endors quasiment immédiatement à chaque fois ! Cela me rappelle des souvenirs d'enfance avec ma maman... J'adorais la rejoindre certains soirs dans son lit et je finissais toujours par m'endormir lorsqu'elle me massait les cheveux ! J'aime également faire des massages et des papouilles mais à petite dose, il ne faut pas non plus abuser ! Je ne suis pas une masseuse professionnelle voyons. Je n'aime pas les massages où il faut appuyer comme une folle dingue. Pour moi, le massage rime plutôt avec douceur et tendresse…

Quand j'étais plus jeune, je ne supportais pas de me faire masser par une professionnelle car je n'aimais absolument pas me dévêtir. Maintenant, cela a changé, j'ai même un petit rituel qui est de me faire masser une fois tous les deux mois environ. C'est mon petit moment échappatoire que j'aime par-dessus tout. Attention, ce n'est pas pour autant que je ne suis pas pudique, bien au contraire !

Avec les filles, notre petit plaisir est de partager un moment convivial en regardant une série avant de se coucher ou avant de manger. C'est notre moment film, notre moment à nous ! Ce que nous préférons regarder ce sont les séries à l'eau de rose, les séries avec des histoires d'amour ou d'amitié… Souvent, nous sortons nos petits mouchoirs pour essuyer nos petites larmes qui coulent le long de nos joues. Non, nous ne sommes pas fragiles, nous sommes juste émotives et très sensibles. J'ai tellement de chance car elles détestent également les films d'horreur ! Vous comprenez donc pourquoi je ne regarde que très rarement la télé avec Tommy.

Avec Tommy, nous n'avons pas de rituel à proprement parler ! Les moments d'échanges avec lui se passent quand je vais le récupérer chez ses amis ou que je le dépose chez eux. Et oui, dix-sept ans c'est l'âge des soirées chez les copains et copines, c'est également l'âge des premières cuites ou des premières relations sérieuses... C'est assez embêtant d'avoir un garçon qui n'est pas très bavard. Comment je fais pour avoir les détails croustillants de ces soirées ? Je dois tout de même admettre qu'il m'arrive de savoir tout ce qui se passe pour le plus grand bonheur de la grande commère que je suis !

Chez nous, il n'y a aucun tabou et c'est extrêmement important à mes yeux ! Je préfère que mes enfants me racontent tout ce qu'ils ont envie de me raconter plutôt qu'ils me cachent des choses et qu'ils gardent tout intérieurement.

Quand je repense aux souvenirs avec mes enfants, il y a également nos sorties au parc d'attractions par exemple. Quand les enfants veulent absolument faire des *loopings* ! Mais comme je vous l'ai déjà dit précédemment, cela se passe sans moi ! Me concernant, je suis plutôt avec Lucas à la pêche aux canards ! Désolée chéri, tu n'as pas tellement le choix ! Étant donné que Patrice ne souhaite pas forcément en faire beaucoup, c'est Tommy qui gère ses sœurs ! Je ne comprends pas pourquoi ils aiment autant les attractions avec de grosses sensations... J'ai l'impression que mon cœur se soulève, que je vais éjecter tout ce que j'ai mangé, j'ai peur que la sécurité lâche... Je suis très méfiante dans ce genre d'attractions ! Je dirais même extrêmement méfiante !

En été, lors d'une sortie au parc, nous étions tranquillement installés sur un banc. Étant une grande gourmande, j'avais pris une gaufre au chocolat avec un supplément chantilly sur le dessus. Les enfants avaient tous pris une glace. En pleine dégustation de ma gaufre, je remarque subitement que la glace de Lucas commençait à couler, elle fondait à toute vitesse... Mon premier réflexe a été de lécher le cône ainsi que sa boule de glace avant que cette dernière ne finisse complètement éclatée au sol. Ce n'était pas seulement la glace qui est tombée sur le sol mais ma gaufre également. Résultats des courses, je n'avais plus de gaufre, plus de chantilly et en prime un enfant tout taché qui pleurait car il n'avait plus de glace...

On m'avait pourtant dit qu'être maman c'était devoir faire des sacrifices mais pas à ce point-là ! Une gaufre quoi !

Lorsque je passe devant une cueillette, cela me rappelle les moments où mes grands-parents venaient chez nous avec un panier rempli de fruits et légumes frais qu'ils venaient de cueillir. Ils nous faisaient de somptueux plats et nous avions hâte de nous mettre à table. Et puis il y a ces moments, où nous allions nous balader en famille et que nous trouvions des mûres, des myrtilles, des fraises sauvages... Bien-sûr, nous les mettions directement dans notre bouche et nous les savourions. Il faut tout de même admettre que c'est tout de même meilleur avec de la chantilly et du chocolat fondu dessus ! Oups, ma gourmandise reprend le dessus !

J'ai aussi des souvenirs de pique-nique que ce soit en forêt, au parc ou encore dans un jardin… Je me souviens principalement des repas du mercredi matin, enfin le mercredi midi avec ma maman et mon petit frère. Nous préparions tous ensemble le pique-nique et nous allions installer un grand plaid où nous nous installions dessus pour pique-niquer, discuter et rire ensemble.

Il y a aussi ces moments où nous allions faire un grand pique-nique en famille après avoir fait une sacrée randonnée. Ces moments où toute la famille était réunie autour d'un pique-nique que nous avions porté durant de longs kilomètres. Nous aimons pique-niquer devant un lac pour nous y baigner après. Même si l'eau n'était pas très chaude, elle était même extrêmement froide pour une frileuse comme je suis, nous allions quasiment tous à l'eau. Certains se baignaient, d'autres ne trempaient que leurs pieds, tandis que d'autres allaient faire de la planche à voile mais sans la voile de papi…

Je me rappelle encore avoir mis la planche à l'eau, m'être assise dessus, avoir pris une pagaie à la main et être partie pagayer sur le lac… Je crois avoir fait de cette planche à voile avec toute ma famille. Dernièrement, mon oncle a acheté un *paddle*. Beaucoup de membres de ma famille ont essayé d'en faire et de tenir debout dessus, même mon oncle ! Pardon tonton mais ce moment est pour toi ! Je me rappelle l'avoir vu tenter de s'équilibrer sur sa planche et finir par une belle chute devant nous. Avec ma tante, nous sommes parties dans un fou rire inévitable ! Je pense que le *paddle* n'était pas forcément fait et adapté pour lui…

En restant dans le domaine marin, j'ai aussi en mémoire ces moments mémorables de pêche à pied avec mon papa. Ces instants où nous prenions nos seaux, nos pelles, nos râteaux et que nous allions chercher des coquillages pour les manger lors du repas du soir… Pour moi, maintenant, à chaque fois que nous allons à la mer, il est impensable que nous n'allions pas pêcher. Ce sont des moments que j'aime faire avec mes enfants et que j'ai adoré partager avec ma famille plus jeune. Je me rappelle d'une fois où nous avons voulu ramasser des couteaux de mer. Ce n'était pas si évident que cela… Je me rappelle encore qu'il fallait repérer le trou, y mettre du sel au-dessus et attendre que le couteau revienne à la surface avant de tenter de l'attraper à la volée ! Comment vous dire que ces fruits de mer sont très malins et qu'ils arrivent souvent à nous glisser entre les mains…

Il faut que je vous parle aussi des repas de famille où toute la famille est assise autour d'une table, je sais c'est logique, mais des moments précieux où toute la famille est unie engendrent un moment convivial ! Ces repas où nos grands-parents et nos parents nous racontent leurs souvenirs d'enfance en ayant parfois les yeux remplis d'émotion. Dans ce genre de situations, je n'arrive jamais à contrôler mes émotions. Je finis souvent par sangloter en même temps qu'eux…

J'adore particulièrement ces moments car nous en apprenons tellement sur notre famille et sur nos ancêtres ainsi que sur la vie d'autrefois. Ce sont des instants si touchants, bouleversants et souvent anecdotiques.

Ce que j'apprécie aussi énormément c'est lorsque nous parcourons les albums photos de jeunesse que ce soit de la mienne, de celle de mes parents, de celle de mes grands-parents, de mes propres enfants ou de tout autre membre de la famille... Pour moi, une photo est plus parlante que mille mots ! Il y a des photos qui me rappellent des moments avec des membres de ma famille que je n'ai pas forcément connus très longtemps... Ces moments qui restent encore intacts dans ma mémoire grâce à ces photos. C'est hallucinant comme notre cerveau est bien fait et comment certains souvenirs peuvent rester ancrés dans notre mémoire à jamais.

Les repas de famille peuvent également être synonymes de questions embarrassantes comme : « Tu as trouvé un travail ? », « C'est pour quand le bébé ? », « C'est pour quand le mariage ? » et plein d'autres questions dans ce genre. Des questions que je n'ai pas forcément besoin de vous lister car nous les connaissons toutes...

Lors des repas de famille, il peut aussi y avoir des sujets de discordes ou de petites disputes pour des broutilles entre les grands-parents ou les parents. Cela part souvent d'un petit détail

comme l'oubli d'une date, d'un événement, l'incompréhension...
C'est la vie...

Il y a aussi ces moments en famille qui se terminent en chansons. Oui, ces repas de famille où nous nous découvrons des talents de chanteurs et de chanteuses pour le plus grand bonheur de nos oreilles, ou pas ! Je me rappellerai toujours d'un anniversaire où tous les convives se sont tous mis à chanter une chanson le verre à la main. Je rigole encore de la réaction qu'ont eus mon frère et mon cousin plus jeunes lors de cette chanson. Maintenant, à chaque fois que nous avons un repas de famille en grand comité, ils se mettent à reprendre cette chanson en levant leur verre et puis toute la famille les suit à tue-tête ! Tout le monde chante à l'unisson même si malheureusement ce n'est pas toujours très juste... Attention à nos oreilles ou le sonotone pour les plus âgés !

Toujours concernant les histoires de table, à chaque fois que je mets la table, bizarrement tout le monde le remarque. Je n'arrive jamais à me souvenir de la place du couteau et celle de la fourchette. Pour moi, cela n'a aucune importance mais pour d'autres, ils me font toute une scène ! J'ai tout le temps le droit à « Ah, c'est Tatiana qui a mis la table ! ». Le pire, c'est lorsque tout le monde s'y met ! Cela arrive de mettre une table à l'envers, enfin plutôt les couverts, n'est-ce pas ? De plus, ce ne sont que des couverts, il ne faut donc pas en faire une affaire d'état ! Non mais sérieusement, si cela vous dérange : vous prenez le couteau et la fourchette et vous les échangez de place. Ce n'est pas si difficile que cela, si ?

Encore des souvenirs ? Oui, je vous en propose encore quelques-uns. Quelle chance !

Lorsque j'étais plus jeune, avec ma cousine qui a approximativement le même âge que moi, nous rendions visite à notre grand-mère. Nous allions toujours nous promener dans son petit village (comme des petites mamies, je vous l'accorde). Je me rappelle qu'au début, nous promenions le chien de notre grand-mère et que nous faisions notre balade en nous racontant nos petites vies. En grandissant, nous nous promenions sans son chien mais en s'imaginant une vie dans ce fabuleux village. Nous étions tellement farfelues et un peu folles sur les bords car nous rêvions de racheter la totalité du village et de le rénover… Oui, nous avons eu de sacrés coups de folie là-bas…

Après les repas de famille, nous allions toujours dans la chambre de ma grand-mère lui emprunter ses boucles d'oreilles, ses longues robes et ses talons… Puis nous arrivions dans le jardin toutes fières habillées, maquillées et coiffées devant nos proches, qui nous regardaient les yeux écarquillés ! En prime, quand notre grande cousine nous maquillait, là, nous nous prenions vraiment pour des stars. Quand nous y repensons et que nous en reparlons ensemble, nous trouvons toujours cela très marrant.

Toujours avec cette dernière, chez ma grand-mère, nous allions souvent rendre visite à une de ses voisines. Je me rappelle encore une fois où nous lui avions emprunté poliment ses toilettes car nous avions beaucoup marché et beaucoup bu auparavant. Il faut savoir que cette dame était âgée et n'entendait plus très bien… Je ne sais plus si c'est moi ou ma cousine mais il y en avait une de nous deux qui était aux toilettes et qui n'arrivait plus à tirer la chasse d'eau. Je me rappelle encore que nous essayions de nous parler et que nous nous demandions comment nous allions bien pouvoir réussir à tirer cette fichue chasse d'eau… C'était à la fois très gênant et très drôle. Nous ne voulions surtout pas que la dame remarque que nous avions un problème aux toilettes : la honte ! Du coup, nous nous échangions des conseils. Pour vous rassurer, nous avons finalement réussi à tirer la chasse d'eau sans avertir qui que ce soit et sans dégâts majeurs !

Avec cette cousine, je me rappelle également que nous nous amusions à jouer à la bibliothécaire dans ma chambre… Nous vidions littéralement toute la bibliothèque de livres et nous nous amusions à taper à l'ordinateur toutes les informations que nous avions sur les livres pour tous les recenser… Comment vous dire que nous ne les avons pas tous faits ! Entre le code barre, le nom de l'auteur, le titre, l'édition… Je ne sais pas ce qui nous passait par la tête ! Quand il fallait les sortir de la bibliothèque pour les noter à l'ordinateur c'était drôle mais dès lors qu'il s'agissait de les ranger cela l'était beaucoup moins…

Les moments en famille que je préfère sont les anniversaires. Le fait de se retrouver tous ensemble à souffler les bougies d'une ou de plusieurs personnes ! Ces moments où nous voyons la famille s'agrandir et vieillir en même temps... Ayant une assez grande famille, je peux vous dire que des anniversaires nous en avons quasiment tout le temps et nous aimons les fêter. Je ne saurais pas vous dire pourquoi, mais dans notre famille, ce qui est amusant c'est que les adultes sont quasiment tous nés en avril et en mai et les enfants sont nés dans les mois qui suivent.

Étant très créative, j'adore créer des films et des diaporamas pour les anniversaires. Je me rappellerai toujours d'un diaporama que j'avais fait pour, me semble-t-il, les cinquante ans de ma maman ! J'avais été chercher des photos d'elle petite chez mes grands-parents pour les mettre dans le diaporama. Mais, malheureusement, lors de la projection du diaporama elle m'a fait remarquer que ce n'était pas elle sur quelques photos. Je m'étais trompée de photos et j'avais pris certaines photos de sa petite sœur... Oui, vous pouvez encore une fois vous moquer de moi mais ce n'est pas de ma faute si elles étaient toutes les deux blondes !

Ce que j'adore aussi lors des anniversaires c'est lorsque nous nous rappelons des souvenirs avec une personne. Ces moments-là sont géniaux mais il ne faut pas oublier que raconter des souvenirs c'est également se rappeler de moments parfois épiques. En racontant l'anecdote, nous nous en fichons un petit peu de mettre la honte à l'autre mais pour nous, un peu moins... Enfin, pour moi, il en faut beaucoup pour que j'en ai honte ! Chaque souvenir passé a forgé ma jeunesse et pour rien au monde je ne les changerai !

Il y a également les mariages que je trouve fabuleux ! Ce que j'aime par-dessus tout, ce sont les témoignages et les discours lors d'un mariage ! Vous vous imaginez bien, que mes discours ne sont pas très platoniques ! Au contraire, ils sont plein de rebondissements, de surprises, d'anecdotes et surtout remplis d'humour. Comment voyez-vous ou imaginez-vous un discours venant de ma part ? Vous pensez sincèrement que j'allais garder mon sérieux ? C'est très mal me connaître !

À un mariage, dont je ne dirais pas de qui il s'agit pour préserver l'anonymat bien sûr, les mariés ont fait une entrée plutôt renversante. Oui, il s'agit du terme correspondant le mieux pour décrire cette scène... En rentrant, le marié a glissé sur la robe de la mariée et s'est rattrapé à notre table. Étant donc au premier rang, autant vous avouer que je n'ai pas pu retenir mon fou rire ! Pour ma défense, je n'étais pas la seule à rigoler ! Encore une fois, pour garder l'anonymat, je ne dirai pas avec qui j'étais mais je pense que la personne se reconnaîtra.

J'ai une très grande famille que ce soit du côté de mon père ou de ma mère. Je me rappelle d'un moment où toute la famille était réunie dans la maison de campagne de mes grands-parents. Il y avait mes cousins et cousines proches ainsi que mes cousins et cousines éloignés... Ces fameux cousins et cousines que nous ne voyons pas souvent mais que nous sommes tellement heureux de revoir lorsque nous nous revoyons. Je me rappelle également de souvenirs dans la caravane ouverte dans la grange de chez mes grands-parents (encore une idée originale de mon papi) où nous nous racontions ce que nous devenions et comment se passait l'école.

J'aime tellement partager ces moments de famille que ce soit en petit ou en plus gros comité.

Étant très famille et adorant par-dessus toute chose les enfants, chaque naissance de nouveau-né dans ma famille me procure un bonheur indescriptible. Pour moi, donner naissance c'est l'aboutissement de plusieurs choses et c'est le début d'une nouvelle vie... À chaque naissance, on me donne un nouveau rôle que je prends très à cœur. Je préfère préciser que je n'ai pas forcément envie d'être grand-mère tout de suite donc Tommy attend un petit peu s'il te plaît ! Tu es encore bien jeune, dit-elle alors qu'elle a eu son premier enfant à dix-huit ans...

En parlant de souvenirs en famille ainsi que de naissance, je me souviens toujours des premiers soins de chacun de mes enfants, de ses premiers câlins, de ses premiers pas, de ses premières dents, de son premier sourire, de sa première nuit, de la première journée où il était loin de moi...

Lorsqu'ils étaient plus jeunes, je notais sur la porte des traits marquant leur taille. Vous allez peut-être me prendre pour une folle, mais lorsque nous avons changé le papier peint, j'ai délicatement enlevé ce dernier et je l'ai gardé soigneusement au fond d'une malle… Enfin, je dis lorsqu'ils étaient plus jeunes mais dans la maison secondaire de mes grands-parents, même à l'heure actuelle nous continuons de marquer nos tailles. Je pense qu'il y a une erreur ou que le sol n'est pas à niveau ni très droit car j'ai perdu trois centimètres et cela n'est absolument pas normal ! Déjà que je ne suis pas très grande, si en plus on me retire des centimètres, je vais finir inexistante…

J'ai également gardé les premiers dessins et les premiers mots que les enfants me faisaient… Vous savez ces fameux mots écrits phonétiquement. Est-ce que vous êtes comme moi ? Lorsque votre enfant vous offre un dessin, vous le gardez, vous lui dites « Oui je vais le mettre dans la petite pochette. » mais finalement vous ne gardez que les plus beaux ou les plus touchants. Il m'est impossible de garder autant de dessins de tous mes enfants. Mes loulous, j'espère que vous n'allez pas m'en vouloir d'avoir jeté vos dessins mais sachez que je les ai toujours en mémoire (enfin presque) …

Je vais vous dévoiler un secret. Lorsque Tommy était en CM2, il y avait beaucoup de filles qui lui tournaient autour. En rangeant son cartable à la fin de l'année, j'ai découvert plusieurs mots doux, de jolis poèmes, des cœurs... J'ai bien évidemment fait une photo de tout cela. Mais chut !!!

J'ai une grande facilité à m'émerveiller devant chacun de leurs faits et gestes ! J'ai également tendance à paniquer à chaque chute. Je me rappellerai toujours des premières chutes de mes enfants. J'accourrai vers eux plus vite que l'éclair. Quand j'arrivais à côté d'eux, je les voyais se relever tranquillement et continuer à vaquer à leurs occupations. Avec le temps, et les chutes, j'ai réussi à gérer mon stress. Maintenant lorsqu'ils tombent, je ne vérifie même plus (ou presque) s'ils se relèvent.

Je me souviendrai toute ma vie des premiers pas de Tommy. Nous étions sur une piste de danse en vacances et ce petit charmeur, car oui toutes les filles étaient déjà à ses pieds, a fait ses premiers pas de danse enfin non ses premiers pas tout court... C'était un moment si émouvant, si épatant et si amusant car cela correspondait tout à fait à son caractère. Un petit garçon plein de vie, joyeux, charmeur et surtout un grand danseur !

La danse, c'est une affaire de famille ! En effet, à chaque fête que nous faisons en famille où il y a de la musique, bizarrement nous retrouvons une grande partie de la famille sur la piste ! Des petits pas à droite, des petits pas à gauche, des petits pas devant, des petits pas derrière et hop le tour est joué ! Ne croyez pas que nous ne bougeons que notre popotin et puis voilà. Non, nous ce sont de véritables chorégraphies. Ces dernières envoient du lourd ! Nous adorons tellement être sur la piste de danse ! Ce moment où tu lâches prise, tu te dépenses, tu apprécies simplement le moment présent sans te prendre la tête et sans avoir peur du jugement.

C'est très important de ne jamais avoir peur du jugement d'autrui ! Vivons pour nous, ne vivons pas pour les autres ! Profitons de chaque instant de la vie avec notre famille et nos amis afin de ne jamais avoir de regrets ou de remords plus tard. Levons-nous le matin avec un énorme sourire en se disant « Aujourd'hui, je vais passer une agréable journée ! ». Forgeons-nous des souvenirs que nous partagerons ensuite de génération en génération. Discutons, partageons, rions, chantons, écrivons ensemble. Profitons de la vie tout simplement !

C'est déjà la fin…

C'est avec une grande émotion que j'écris ces derniers mots enfin plutôt ces dernières lignes de mon tout premier livre. Car oui, je vous l'annonce officiellement, ce ne sera en aucun cas le dernier.

Il est temps de vous avouer que ce livre a été écrit dans le cadre d'un challenge d'une durée de cinq mois. Nous avons eu cinq mois pour écrire, éditer et publier notre livre. En réalité, j'ai mis un peu moins de neuf mois… Comme une grossesse comme dirait ma maman.

Ce fut des mois très très intenses mais qui m'ont permis de réaliser un de mes rêves : écrire un livre. En toute honnêteté, jamais je n'aurai pensé réussir à franchir le cap et le publier, mais c'est chose faite.

Ce challenge a été organisé par notre superbe coach Emmanuel. Je la remercie publiquement pour tous ses précieux conseils et son aide à n'importe quel moment du challenge et même après. Merci pour tout car, grâce à toi, je suis allée au bout de ce superbe projet.

Je te remercie également pour la superbe rencontre que j'ai eu la chance de faire : Emmeline.

Merci Emmeline ! Merci d'avoir été et d'être mon merveilleux binôme d'écriture. Merci pour ton soutien, tes avis, ta motivation, ta persévérance. Merci de m'avoir boostée lorsque j'en avais besoin. Merci encore une fois. Je suis tellement mais tellement fière de t'avoir rencontrée.

Je tiens également à remercier mon conjoint, ma famille, mes amis et toutes les personnes qui ont suivi mon projet du début à la fin. Merci pour votre soutien sans faille, pour votre bienveillance, pour votre motivation, pour avoir cru en moi jusqu'au bout.

Merci à mes correcteurs et correctrices pour leurs corrections et annotations au fur et à mesure de la lecture. Merci pour vos conseils et pour vos avis qui m'ont réellement touchée.

Je ne vais pas m'éterniser sur les remerciements.

Tout simplement merci pour tout et à tout le monde !

J'espère que vous avez pris autant de plaisir à lire ce livre que j'ai pris de plaisir à l'écrire.

N'hésitez pas à me faire des retours de votre lecture que ce soit sur mes différents réseaux sociaux que je vous rappelle juste en dessous, par mail ou sur internet. Merci d'avance.

Instagram : Tatiana_et_ses_projets

Facebook : Tatiana et ses projets

Tiktok : tatiana.et.ses.projets

Mail : tatianaetsesprojets@gmail.com

Amicalement

Tatiana ROVERS

Printed in France by Amazon
Brétigny-sur-Orge, FR

14380753R00137